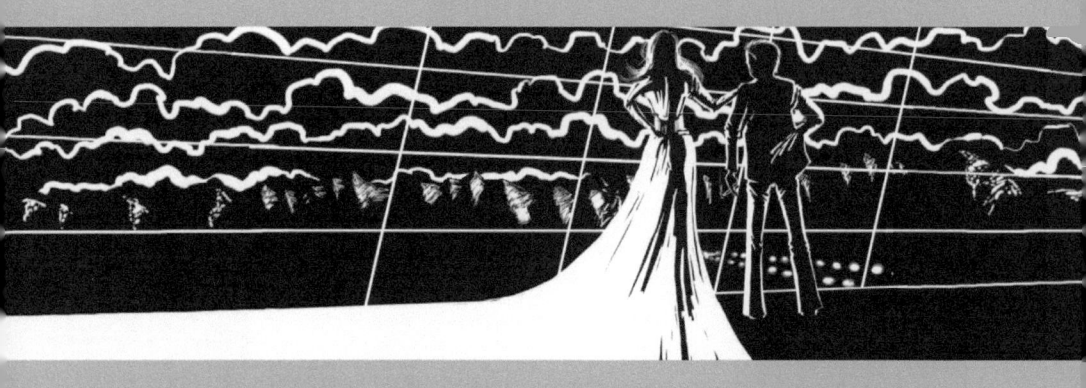

Unerreichbares Morgen

Bibliografische Information der Deutschen Nationalbibliothek: Die Deutsche Nationalbibliothek verzeichnet diese Publikation in der Deutschen Nationalbibliografie; detaillierte bibliografische Daten sind im Internet über dnb.dnb.de abrufbar.

Unerreichbares Morgen

© 2021 Takashi Sugimoto

Herstellung und Verlag: BoD – Books on Demand, Norderstedt

ISBN 9783754317341

Prolog

MEINE MASSE klatscht auf den kalten Boden. Unter meinem Schädelknochen zerbricht die Nickelbrille. Nur das Ticket, das ich eben noch in meiner rechten Hand hielt, segelt geräuschlos, sich scheinbar ewig der Schwerkraft widersetzend, durch die eisige Luft.

Es war eingetreten, wovor ich mich ein Leben lang gefürchtet hatte. Und als ich es drohend vor mir sah, konnte ich es doch nicht verhindern. Oder wollte nicht. Nicht mehr. Noch einmal denke ich an diese Stunden, diese Unterredung: die erzwungene Erkenntnis. Worte, die mein Leben verändert haben. Ein freigelassener Gedanke ist stärker als jeder Wille, ihn zu bändigen. Ich habe versagt. Ich habe in meiner mir möglichen Vollkommenheit versagt. Dessen werde ich mir in diesem Moment bewusst, als meine 87 Kilo Masse meine Wange auf den kalten Boden drücken.

Die Stille ist unbeschreiblich. Die Schönheit des Augenblicks übermannt mich. Es blitzt. Ich staune in die Leere des vollen Raumes, der mich umgibt. Die Erhabenheit des Sterbens. So fühlt es sich an. So würde ich diesen ewigen Moment erleben. Die Unendlichkeit des Todes hatte mich umgarnt. Trotz all dieser Menschen ist die Stille erstarrt.

Ein letzter Kampf

Sollte ich noch kämpfen? Sollte ich noch einmal den widrigen Umständen trotzen? Müdigkeit macht sich breit – und überwältigende Erschöpfung. Noch einmal sehe ich in Gedanken unseren Weihnachtsbaum, meine beiden Söhne warten gespannt auf die Bescherung, die Kerzen spiegeln sich in der kurzen Klinge des japanischen Schwerts an der Wand, eines Erinnerungsstücks an unsere Hochzeitsreise. Vor dem Fenster trotzt der Kirschbaum unter den Schneemassen, erstarrt vor der Kälte. Ich bin glücklich. Ich war glücklich. Doch der Weihnachtsbaum verblasst, das umfassende Weiss erstickt den Kirschbaum, das Lachen meiner Söhne verhallt zu einem warmen Hauch. Meine Gedanken werden von Watte gedämpft und schliesslich erstickt. Ich fühle mich wohlig. Die Spitze meines Denkens flacht ab. Ich meine zu erkennen, wie meine Gedanken allmählich langsamer takten. Ich bin zu ausgelaugt zum Kämpfen. Widerstand? Dieses Mal nicht. Dieses eine letzte Mal will ich mich meinem Schicksal kampflos hingeben. Der Tod als meine Komfortzone.

So fühlt es sich also an. Ich spüre, wie mein Gesicht warm wird. Die Kälte des Bodens verflüchtigt sich in einem undefinierten Wohlsein. Ich fühle mich wie zu

Hause, wie in einer wunderbar nach Lavendel-Badesalz duftenden lauwarmen Badewanne.

Ein grotesker Gedanke

Noch einmal öffne ich meine Augen. Noch ein letztes Mal blicke ich in die erschrockenen Gesichter. Eine Masse Frau, eingepfercht in einem der eigenen Eitelkeit zu verdankenden, zwei Nummern zu kleinen, lilafarbenen Zweiteiler, überflutet mein Gesichtsfeld, als sie sich über mich beugt. Ihre Masse schirmt mich vor den Blicken der Umstehenden ab. Sie, die mir dieses Schicksal wohl gewünscht haben, zumindest gewünscht hätten, wären sie in Kenntnis aller Einzelheiten meiner letzten Stunden gewesen. Ich kann es nicht erkennen. Alles wird, alles ist mir vollkommen egal; sogar dass die Dicke auf meiner Hand steht. Ich ignoriere es. Ob sie sich dessen bewusst ist? Ich kann nichts mehr erkennen. Keinen verdammten Schmerz fühlen. Nichts mehr denken. Nicht einmal fluchen. Ein fast abschliessender Gedanke: grotesk. Ich spüre die Wärme mein Gesicht umarmen. Ich sehe die Flüssigkeit meinen anthrazitfarbenen Anzug rot einfärben. Von oben werde ich überdeckt, rein und kalt.

Das Ticket setzt unmittelbar neben dem Zeigefinger meiner rechten Hand sanft auf. Einmal mehr hat die Schwerkraft obsiegt. Niemand widersetzt sich erfolgreich den ewigen Gesetzen. Einem Echo gleich, wiederholt sich die Landung des Tickets ein zweites Mal. Ich bin verwirrt, weshalb.

Scheinheilig

ICH HASSE es. Ich hasse dieses verdammt scheinheilige Klacken. Kaum hörbar und doch penetrant drückt
die Tür die letzten Luftmoleküle zu viel aus dem Raum.
Geschlossen. Endgültig, scheinbar – bis zur nächsten
Ewigkeit. Das Türschloss schnappt ein. Es ist bereits
das 47. Mal, dass es mich nervt. Und ich weiss, es wür-
de nicht das letzte Mal sein. Nicht heute, nicht jetzt.
Wunder gibt es keine.
Mein Flug ist verspätet. Verdammte Unfähigkeit der
Fluggesellschaft, die sich offenbart. Mein Anzug lässt
mich Haltung bewahren. Einem zweiten Rückgrat
gleich, stützt mich der Gedanke an meine Krawatte.
Nur meine Nerven sind nicht unter Kontrolle. Mein lin-
ker Fuss schlägt den hektischen Takt eines imaginären
Marsches, meine Finger spielen auf einer eingebildeten
Klaviatur.
Es ist Mittwoch. Ich bin zum Warten verdammt.
Für die Fähigkeiten der Fluggesellschaft habe ich nur
Verachtung übrig. Mittelmass zum Vergessen.

Eine verdammte Verspätung

Ich hasse Verspätungen. Ich hasse den Verlust der Kontrolle über meinen Zeitplan. Mit jedem Jahr ertrage ich diese Fremdbestimmung weniger. Mit jeder verdammten Verspätung hasse ich es mehr. Das Warten. Das Ausgeliefertsein beklemmt mich. Ich sollte nicht so viel fluchen – auch nicht in Gedanken. Und ich hasse dieses erdrückende Gefühl. Ich hasse es, seit es mich das erste Mal übermannt hat, auch wenn ich mir dieses Moments kaum mehr bewusst bin. Nur noch wie ein leiser Schatten geistert dieses Gefühl durch meine schwindende Erinnerung. Das Konkrete fehlt, das Unbestimmte bleibt.

Die Realität ist das Flugticket, das in meiner linken Brusttasche steckt. Wie immer, seit ich das erste Mal geflogen bin. Ich trage mein Ticket in dieser Tasche. Es verleiht mir Gewissheit, Sicherheit, ja Unbekümmertheit gar. Habe ich mein Gepäck erst am Check-in aufgegeben, fühle ich mich von all meinen Alltagslasten befreit. Mit dem Eintritt in die Lounge spüre ich eine Erleichterung. Hut und Schirm, ihrer entledige ich mich an der Garderobe. Den Aktenkoffer stelle ich neben meine sauber polierten schwarzen Schuhe, nachdem ich meinen Platz gewählt habe. Ich bin ein befreiter Mensch, ich kann mich treiben lassen. Ohne Bedenken. Die beschränkte Ewigkeit des Wartens nach dem Check-in bedeutet für mich Freiheit. Das Wissen um die Endlichkeit dieser Ewigkeit, die mir das Nichtstun ermöglicht, hüllt mich in eine wohlige Gewissheit.

Gelebte Untätigkeit auf Zeit. Immer war das so, die Lounge, mein perfektes Glück auf Erden. Doch nun, da mein Leben in Trümmern liegt, scheint mir das Schicksal nicht einmal dieses letzte Erlebnis heiler Welt zu gönnen. Verdammte Verspätung.

Ein weiteres Detail

Ich sitze in der Lounge. Noch immer. Den Blick nach vorne gerichtet. Meine Finger tippen ungeniert weiter. Mein Flug, die unmittelbare Zukunft, das ist das Einzige, was zählt. Allein diese verstörende Vision unterbricht meinen Ärger – immer wieder dieselbe Vision. Die Nickelbrille. Das Blut. Das Ticket. Jedes Mal, wenn ich die Augen schliesse, erscheint mir diese Szene. Der Tod. Die Erhabenheit des Sterbens. Ist es mein Tod? Würde ich so sterben? Ich kann mich nicht daran erinnern, wann ich sie das erste Mal hatte, diese Vision. Sie war immer da. Zuerst nur Bruchstücke. Doch mit den Jahren füllten sie die Details. Und als ich sie eben hatte, war ich mir sicher, dass sie nicht konkreter werden könnte. Doch auch das war, so meine ich zu wissen, nicht das erste Mal. Nur dieses Mal war ich mir sicher: Meine Vision war vollendet. Was das bedeutet? Ich weiss es nicht. Aber wie ich gelernt habe, mit der sich entwickelnden Vision zu leben, so werde ich auch diese Tatsache zu akzeptieren wissen. Ich muss.
Ich denke an Jessica, wie ich ihr von meiner Vision erzählt habe. Ein ungläubiger Blick war ihre Antwort. Jessica hat mich nie verstanden. Zu keinem Zeitpunkt

hat sie mich verstanden. Auch ich habe sie nie verstanden. Wir haben es akzeptiert, dachte ich zumindest. Und es war gut so. Es war die Basis unserer wunderbaren Liebe.

Vor mir auf dem Tisch liegt noch immer dieser gelbe Umschlag. Das Unbekannte reizt. Ich habe seinen Inhalt noch nicht geprüft. Ich frage mich, ob ich fürchte, zu finden, was ich nicht finden will, oder nicht zu finden, was ich finden will. Ich bin unschlüssig; weiss es nicht.

Ein bedeutsamer Abdruck

Ich sitze in einem schwarzen Ledersessel. Ein Meisterwerk modernen Designs: meine Meinung. Perfekt inszeniert, überzeugend in klassischen Linien geformt, bequem zum Sitzen. Meine Aktentasche steht zu meinen Füssen. Etwas scheint falsch, auch wenn ich es im Moment nicht benennen kann, ich weiss es. Zu meiner Linken stehen fünf weitere Sessel, zu meiner Rechten deren sechs. Jeweils drei zu einem Hufeisen angeordnet, nahe genug, um den Raum zu gliedern und ein Gespräch im Vertrauen zu ermöglichen, und dennoch in einem Abstand, der die Individualität jedes Einzelnen in keiner Weise beeinträchtigt. Alle Sessel sind gepflegt, als sei nie jemand in ihnen gesessen, bis auf den einen zu meiner Linken, auf dessen Sitzfläche zwei rundliche Abdrücke als Erinnerung einer Person zurückgeblieben sind. Die Dellen in der Sitzfläche stören mich so sehr, dass ich mich erhebe und sie glätte.

Ich rücke den Sessel zurecht, bis die rechten Winkel zwischen den drei Sesseln eingehalten werden.
Die anderen Sessel sind unbenutzt.

Eine imposante Fensterfront
Die Wände schimmern in einem dezenten Dunkelorange, das Licht ist angenehm gedimmt. Mir gegenüber eröffnet eine grosse Fensterfront die Sicht auf das Rollfeld. Links und rechts präsentieren schmale Fenster das Geschehen in der Wartezone der Übrigen. In meinem Rücken schliessen die Bar und die Empfangstheke die Lounge ab, nur unterbrochen durch die Tür, die sich soeben öffnet, um mich sieben Sekunden später zum 48. Mal mit ihrem scheinheiligen Ton zu nerven.
Klack.
Ich hasse es.

Ignorant

«DARJEELING, NOVEMBER 1962» lese ich auf der Rückseite. Ich betrachte das Foto. Sein tadelloser Zustand fällt auf. Mit Sorgfalt musste es behütet worden sein. Die feinen Nuancen in Schwarz-Weiss lassen die farbige Wirklichkeit erahnen. Ein Baum steht blühend vor einer Gebirgskette. Er erinnert mich an den Kirschbaum in meinem Garten. Mein blühender Kirschbaum. Ich weiss nicht mehr, ob ich dieses Foto geschossen habe. Schwach erinnere ich mich an eine Bergregion. Vertraut und doch exotisch. So anders als meine geliebten Alpen.
Ich bin unfähig zu bestimmen, ob es eigene Reiseerfahrungen sind oder Erinnerungen an die Lektüre eines Reiseführers. War es ein Kirschbaum, konnte es sein? Auf dem Foto hätte es der Kirschbaum in meinem Garten sein können. Mein Kirschbaum in einer ungewohnten Umgebung, einer fremden und doch vertrauten Welt. Der Gedanke an Darjeeling ängstigt mich, die Fremde dieses Landes ist mir nicht geheuer. Die

Bergwelt wirkt vertraut. Der Kirschbaum erinnert mich an mein Zuhause. Die Aussicht, noch einmal einen blühenden Kirschbaum zu sehen, zwingt mich zu dieser Reise. Noch einmal einen blühenden Kirschbaum zu erleben ist meine Sehnsucht. Doch welche Zeit bleibt mir?

Ich muss nach Darjeeling.

Ich denke an den Kirschbaum in meinem Garten. Ich erinnere mich an mein geliebtes Zuhause. Mein Leben war perfekt. Ich hatte die schönste Frau geheiratet. Kein anderes Haus in der Strasse war grosszügiger gebaut. Die Kinder waren wohlerzogen – ich war glücklich. Wahrscheinlich zu glücklich. Meine Zufriedenheit war zu vollkommen. Ich verkannte die Gefahren, meine Blindheit, den Selbstbetrug. Gut möglich, dass diese Unbedachtheit meinerseits überhaupt erst die Bedingung für mein Glück war. Conditio sine qua non. Auf jeden Fall war es notwendige Voraussetzung für dessen Ende. Ich sah das Unglück nicht kommen. Ich war blind. Das Ende traf mich unvorbereitet mit voller Wucht. Ich hatte nicht erkannt, wie mein Glück begonnen hatte zu verkommen. Von innen heraus verfaulte es, langsam, stetig und mit einer alles bestimmenden Grausamkeit.

Eine verkörperte Ruhe

Das Glück degenerierte: nur noch Schein, kein Inhalt. Leere, wo Leben sein sollte. Mein Familienleben war ein grosser Betrug. Viel ist mir nicht geblieben. Das

Wissen um mein Scheitern ist gewiss. Jede Stunde erinnere ich mich daran. Ich soll nicht vergessen. Ich darf nicht.

Jetzt zählt einzig die Wahrhaftigkeit des Drinks in meiner Hand. «Ha.» Ein kleiner Lachlaut entwischt meinem Mund ob dieser Formulierung. Ich begutachte den Farbverlauf von Grenadinesirup zu Orangensaft, nur gestört durch das 49. Klacken. Wie jedes Mal zuvor drehe ich mich nervös zur Tür. Ich prüfe, wer durch die Tür tritt. Und erst als ich die Person erkenne – respektive erkenne, dass ich sie nicht erkenne –, werde ich wieder ruhiger. Auch wenn es mir undenkbar erscheint: Ich werde die Angst nicht los, eine Unachtsamkeit zugelassen zu haben. Konnte mir ein Fehler unterlaufen sein?

Ich bin nervös, verdammt nervös. Ich, den all meine Freunde, meine Arbeitskollegen stets die verkörperte stoische Ruhe nannten, bin nervös. Das befeuert meine Nervosität zusätzlich. Beunruhigend wirkt vor allem mein Vergessen. Die Erinnerungslücken sind es, die mich verunsichern. Ist das, was ich weiss, das Wesentliche oder habe ich Entscheidendes bereits vergessen? Wie lässt sich die Vollständigkeit der Erinnerung gegenüber dem Vergessen bestimmen?

Eine überschaubare Sackgasse

Meine linke Hand spielt noch immer im Takt meines linken Fusses verrückt. Ruhig würde ich erst wieder sein, wenn der Flieger mit mir in diesem wunderbar bequemen Sitz in die Luft entschwunden sein würde. Erleichterung spüre ich jedoch schon, als ich sehe, wer durch die Tür tritt: ein Unbekannter.

Wer sonst? Sollte die liebe Nachbarin etwas bemerkt haben? Ich habe sie heute genauso oberflächlich nett gegrüsst wie jeden Morgen zuvor, und im Gegensatz zu all den vergangenen Jahren habe ich mich innerlich nicht einmal über ihr zufälliges Am-Fenster-Stehen genervt, wo sie immer steht, wenn die kleinste Aktivität unsere Strasse belebt. Eine Sackgasse. Ruhe für die Lebenden. Langeweile für die Sterbenden. Was sollte sie vermuten? Aus reiner Langeweile würde sie wohl kaum jemanden rufen? Und trotzdem – ich bin froh, einen Unbekannten zu sehen. Gleichzeitig muss ich mir eingestehen, dass ich mir wenige Momente vorstellen kann, in denen ich mich über eine derartige Person freue: Der junge Mann, der soeben die Lounge betritt, strahlt dieses unbremsbare Besserwissertum aus, das Jungakademiker verströmen, solange die Tinte auf ihrer Doktorarbeit noch nicht trocken ist: Allwissenheit meinend, von Unerfahrenheit getrieben.

Ein mitleidiges Lachen

Ich blicke in den Abendhimmel hinaus. Das blutige Rot senkt sich, allmählich den ganzen Himmel einfärbend. Ein Schluck Tequila Sunrise netzt meinen trockenen Mund. Das Schlucken fällt mir schwer. Ich bemühe mich, den Moment zu geniessen, die Ruhe, die Vorfreude, und verdränge den Gedanken an die verdamm-

16

te Verspätung. Noch einmal drängt eine Erinnerung an unsere liebe Nachbarin, deren Name ich noch immer nicht kenne, ins Bewusstsein. Ihr lächelnder Mund war jeweils nur die tiefste der unzähligen Furchen in ihrem Gesicht. Eine für jedes Lebensjahr. Und das erste Mal habe ich das Gefühl, dass ihr Lachen, das ich stets als zynisch abschätzig interpretiert hatte, eher mitleidig gemeint war. Jedenfalls heute Morgen. Aber Erinnerungen werden mehr von den Erwartungen aus der Gegenwart geprägt als dem Geschehenen. Dabei spielt es keine Rolle, was unsere liebe Nachbarin dachte. Was sie weiss. Eigentlich hätte sie etwas wissen müssen. Schliesslich konnte in der Strasse nichts geschehen, ohne dass sie es von ihrem Fenster aus beobachtet hätte. Es war eine Sackgasse.

Eine ermüdende Ewigkeit

Egal. Mein Haus in der Sackgasse, die liebe Nachbarin – das alles war, das ist Vergangenheit, unbedeutend. Ich freue mich auf den bevorstehenden Flug. Es würde das erste Mal sein, dass ich mit diesem neuen Wunderwerk der Technik fliegen würde. Dieser doppelstöckige Riesenvogel fasziniert mich, seit ich das erste Mal von ihm gelesen habe. Und obschon ich ein Vielflieger bin, würde ich erst am heutigen Abend das erste Mal mit ihm fliegen, entschweben in eine neue Welt: in den Luxus über den Wolken.

Mein Zuhause war luxuriös. Alles war verfügbar. Nichts fehlte. Auch nicht gestern Abend. In Bruchstücken erscheint mir die gestrige Diskussion, meine Standhaftigkeit. Eine Stunde lang leugnete meine Frau die Tatsachen, eine ermüdend lange Ewigkeit wollte sie sich vor der Verantwortung der Wirklichkeit drücken. Doch ich blieb stark. Kein Einbrechen. Die Wahrheit siegt. Sie siegt immer. Das macht mich der Rest meiner Erinnerung glauben. Immerhin, denke ich. Doch wie weiss ich, dass ich noch das Wesentliche weiss, wenn ich weiss, dass ich nicht mehr alles weiss?

Ein absonderliches Verhalten

Der Verlust meiner Erinnerung hat nach einer Methode verlangt, um die wichtigen Informationen zu bewahren. Niemand sollte meine Unfähigkeit bemerken. Wichtiges Wissen muss ich alle Stunde geistig repetieren, um es in meiner Erinnerung zu aktualisieren. Zuweilen verirrt sich mein Verhalten in bizarren Wiederholungen, etwa wenn ich morgens meine Haustür zuschliesse, mich auf den Weg mache, nur um nach fünf Schritten zurückzukehren und nochmals zu kontrollieren, ob die Tür verschlossen ist, weil ich vergessen habe, mich daran zu erinnern. Dies konnte ich problemlos zwei, drei Mal wiederholen, denke ich, vielleicht auch mehr. Wie sollte ich dies wissen? Ich wusste ja nur, dass ich umzukehren hatte, weil ich mich nicht daran erinnern konnte, ob ich abgeschlossen hatte, doch genauso wie ich vergessen haben konnte, ob ich abgeschlossen hatte, konnte ich auch vergessen haben, dass ich bereits einmal, zweimal oder dreimal umgekehrt war. Und lege ich mich schlafen, notiere ich mir, was ich beim Aufwachen noch wissen muss.

So raffiniert meine Methoden sind, so schmerzlich war für mich die Erkenntnis, dass ich lernen musste, mit den Lücken zu leben. Ich habe es geschafft. Ich erlebe die Leere dieser Lücken nicht mehr als beängstigend. Zumindest normalerweise. Ich erlebe sie als befreiend. Was ich nicht weiss, belastet mich nicht. Und die Wahrhaftigkeit der Erinnerungsmomente ist umfassend, so dass ich sie nicht weiter hinterfrage.

Meine Vergangenheit ist auf wenige Ausnahmen verschwunden. Einzig nicht steuerbare Impulse im Jetzt erwecken ganze Erinnerungen vergangener Ereignisse. Und einige wenige Erinnerungen scheinen nicht auszulöschen. Wobei jede Erinnerung mich gleichzeitig an die Schwäche meines Systems gemahnt. Ob sich mein stündliches In-Erinnerung-Rufen bewährt, kann ich nicht überprüfen: Wie soll ich wissen, was ich nicht mehr weiss? Wie sollte ich mein Wissen prüfen? Was aus meinem System gefallen ist, kann ich auch nicht kontrollieren. Doch die Stärke des Systems gewinnt. Nichts hinterfragen. Das Fehlen weiterer Informationen befreit.

Eine gefühlte Gefangennahme

Die Gegenwart holt mich ein. Der junge Mann setzt sich gezielt in meine Dreiergruppe. In Gedanken stosse ich einen Fluch aus. Ver …! War meine Erleichterung zu früh? Eine redselige Gesellschaft kann sich wie eine Gefangennahme anfühlen. Ich ertappe mich beim Gedankenspiel, ob ich Gefallen an der Option finden könnte, zu denken, ich hätte es bevorzugt, dass Beni statt dieses Jünglings zur Tür hereingetreten wäre.

Der junge Mann schiebt das leere Tequila-Glas neben meines. Ich frage mich, ob ich nun immer noch an meinem ersten Drink nippe oder bereits einen genossen habe. Erstaunt erkenne ich das Flugticket auf dem Tisch. Ich kontrolliere das Datum. 6. September 1972. Heute. Mein erster Flug mit einem Jumbojet stand kurz bevor. Ich nehme das Ticket und stecke es in meine Brusttasche, wo ich mein Flugticket normalerweise griffbereit trage.

Eine offensichtliche Unsicherheit

Der junge Mann sitzt. Er sitzt und nagt an seinen Fingernägeln. Seine Unsicherheit ist offensichtlich. Gleichzeitig quillt aus jeder seiner Öffnungen sein Sendungsbewusstsein. Sein leichtes Übergewicht macht die Penetranz eine Spur erdrückender. Der Blick des Eindringlings sticht durch seine zeitlose Brille, und selbst das Grau seines stilbefreiten Anzugs vermag seine Extrovertiertheit kaum zu dämmen. Trotz seiner blauen Krawatte scheint es: Er existiert nur in Grautönen. Langeweile in Reinkultur. Schlimmer. Austauschbarkeit, Ignoranz, Mitläufertum in Perfektion.

In diesem ersten Moment, in dem wir uns begegnen, nervt er mich. Er wartet keine Sekunde. Er ist da. Paff. Er macht mich nervöser, als ich schon bin. Seine ganze

Erscheinung, seine penetrante Art lösen in mir eine ungute Vorahnung aus. Vor allem stösst mich seine Person ab. Ich will nichts mehr von diesem Menschen wissen. Rein gar nichts. Verdammter Klugscheisser. Ein
Egomane.

Ein bedeutender Buchstabe

«Fliegen Sie auch nach …?» Ich vermeide es bewusst,
das Ende seiner Frage zu hören. Ich beabsichtige nicht,
sie zu beantworten. Noch weniger höre ich seinen Namen, mit dem sich der Eindringling vorstellt, weil ich
mein Gehirn nicht mit diesen unnötigen Informationen
belasten will. Namen waren seit jeher meine Schwäche. Was ist diese Ansammlung von Buchstaben denn
schon wert? Ein Buchstabe kann eine unheimliche Be-
deutungsgewalt entwickeln. Ist ein Herr Hiller besser
als Herr Hitler? Namen sind genau das, was mich an
dieser Gesellschaft nervt: Jeder hat einen, und doch
hält jeder den seinen für den aussergewöhnlichsten.
Eine möglichst kreative Unterschrift soll diese Einzig-
artigkeit unterstreichen. Dabei: Namen sind nichtssagend. Ein Herr Müller ist nett und zuvorkommend, der
nächste kann die grösste hinterhältigste Nervensäge
sein. Namen sind ohne Bedeutung. Bestimmt liesse
sich eine umfassende philosophische Abhandlung über
die fehlende Bedeutung der Namen verfassen, weil jeder Name an sich ohne Bedeutung bleibt. Doch wahrscheinlich würde eine wissenschaftliche Arbeit über
Bedeutungslosigkeit kaum von Bedeutung sein.

Namen sind bestenfalls eine Orientierungshilfe. Mehr nicht. Denn wir Menschen sind gewöhnlich. Ersetzbar. Wir sollten es akzeptieren. Wir leben auf diese Weise viel befreiter. Teilchen sind wir in einem System. Verdammt beliebig.

Neue Namen bleiben für mich wohl auch deswegen leer und verschwinden sogleich wieder. Nur wenige Namen kann ich in meiner Erinnerung abrufen. Jessica. Jessica ist einer dieser verdammten Namen, die ich nie vergessen werde, auch wenn ich es wollte. Jessica ist ein Scheissname, der verdammteste Name. Der Gedanke an Jessica lässt eine halbe Träne meine Augen netzen. Und er lässt mich verdammt noch mal wieder fluchen. Verdammt!

Eine numerische Ordnung

Den Egomanen, als erste Person in diesem Raum, mit der ich gezwungenermassen spreche, nummeriere ich für mich als Eins. Wertfrei, rein numerisch. Solange er hier sitzt, kann ich Eins einordnen. Danach sollte sein Sein meine Gehirnkapazität nicht weiter belasten. Namen verschwinden, sobald die Person aus meinem Bezugsfeld verschwunden ist. So würde es auch mit Eins sein. Deswegen verschwende ich gar nicht erst Energie an den Versuch, mir einen Namen zu merken. Eine numerische Ordnung ist einfacher, logischer und jedes Mal gleich – keine neuen Namen.

Eins blickt mich fragend an. Ich nicke höflich – ohne mich an die Frage zu erinnern –, brummle etwas von

Verspätung und wünsche mir, mein Tequila-Glas hätte die Grösse, um mich dahinter zu verstecken. Da ich bereits die Hälfte getrunken habe, kann ich mit dem Rest des Getränks knapp ein Auge abdecken. Das andere sieht, was ich höre. Eins entfaltet theatralisch umsichtig die neuesten Nachrichten aus aller Welt in Form einer Zeitung in unhandlichem Format. Nicht einmal die Vorbereitung zum Lesen, diesem Inbegriff des In-sich-gekehrt-Seins, vermag er ohne Rücksicht auf ihre Wirkung zu tun. Ich bin beinahe so vollkommen von Eins angewidert, dass ich es verpasse, mich über das 50. Klacken zu enervieren.

Wir sind alleine.

Elf freie Sessel standen zur Auswahl, und doch sitzt Eins nun mir gegenüber. Elf verdammt freie Sessel. Verdammt. Gewiss, hinter der Bar steht noch eine Hostess, allerdings professionell unscheinbar, nur wahrnehmbar für denjenigen, der ihrer Dienste bedarf. Und noch immer frage ich mich, was falsch ist. Etwas passt nicht ins Bild. Etwas stimmt nicht. Ich bleibe misstrauisch und weiss doch nicht, weshalb.

Ein denkwürdiger Abend

Die Zeit verrinnt, und doch zu langsam. Ich prüfe die Zeit auf meiner Uhr. Meine ... Ich erinnere mich nicht mehr an die Marke, nur an ihre Geschichte. Im Juni vor zwei Jahren habe ich sie auf einer Geschäftsreise in Paris erstanden. Die Erinnerung an diesen Abend lebt. Es sind diese Momente, die ein Leben prägen.

Ihr Wert lässt sich in materiellen Dimensionen nicht fassen. Wahrscheinlich kann ich mich deswegen jetzt noch daran erinnern, weil es weniger die Fakten sind als die Gefühle dieser absurden Begegnung, die ich mit der Uhr verbinde.

Ich feierte. Mit Geschäftspartnern wollten wir in diesem Art-déco-Lokal am Boulevard Montparnasse essen, in dem ich immer einkehre, wenn ich in Paris bin und dessen Name mir trotzdem nicht mehr einfällt. Aber ich würde es auch heute wiederfinden. Die Stimmung war ausgezeichnet – wie gewohnt in diesem Restaurant. Wir warteten auf einen freien Tisch. Wir genossen den Apéro an der Bar. Vorfreude auf Austern machte sich breit. Verraucht war die Luft. Den Champagner bestellten wir flaschenweise. Nicht nur wegen der grossen Spiegel an den Wänden schienen die leeren Flaschen bald unzählbar. Wie stets war das Essen vorzüglich und legte das Fundament für die Nacht.

Ein herzliches Lachen

Wir verzogen uns ins Dunkel einer Bar in der Nähe, in der ich zuvor nie und seither nie mehr war. Der Weg von geschätzten 400 Metern entsprach etwa der Distanz, die wir noch ohne Taxi zurückzulegen vermochten. Es muss nach ein Uhr gewesen sein. Die roten Rosen auf der Theke überstrahlten den Raum, nur übertroffen vom herzlichen Lachen des Mannes hinter der Bar, der lachte, als erlebe er genau in dieser Nacht die glücklichste seines Lebens, und dennoch war ich mir bewusst, dass er mit demselben Lachen in der folgenden Nacht seine Gäste aufs Neue begrüssen würde. Ich hatte nicht meinen ersten Cognac genossen, als ein hagerer Mann sich neben mich setzte. Er blickte auf meine Finger, die rhythmisch auf die Bar schlugen. Es war das erste Mal, dass ich mir dessen bewusst wurde: Meine Finger bewegten sich ungewollt. Ich schrieb es meinem Versuch zu, das Rauchen zu beenden.

Es folgte ein loses Gespräch, eine leere Floskel, und auf einmal lag sie auf dem Tisch. Sie gefiel mir. Augenblicklich. Sie gefiel mir ausserordentlich, und der Alkohol liess meine finanzielle Hemmschwelle sinken. «Diese Uhr war auf dem Mond – ehrlich!» sagte er. Ich musste lachen. Er lachte mit. Es sei die erste Uhr auf dem Mond gewesen. Apollo 11, schloss der Hagere seine Geschichte, und er nannte einen entsprechend astronomischen Preis. Wir beide mussten lachen ob dieser Zahl. Zwei Cognacs später, zu welchen er mich einlud, einigten wir uns auf einen irdischen Preis – der wohl auch die Kosten für die beiden Cognacs beinhaltete. Ich bezahlte bar.

Eine eigene Zeit

Nie habe ich jemandem diese Geschichte erzählt. Nicht weil ich Angst hatte, man würde mich auslachen. Vielmehr weil ich befürchtete, die Geschichte könnte wahr sein. Denn ich kannte die Geschichte um das Verschwinden dieser Uhr, die auf dem Mond gewesen war. Ich liebe diese mysteriösen Geschichten ohne Aufklärung. Ich liebe diese Geschichte. Ebenso gefiel mir schon damals die Geschichte meiner Uhr – egal ob es die Fortsetzung war oder eine ganz eigene. Eine Geschichte nur für mich. Die Uhr gefällt mir. Jedem, der mich nach der Uhr fragte, erzählte ich eine neue Geschichte, woher ich sie hatte, bis mir niemand mehr ein Wort bezüglich dieser Uhr glaubte. Nur ich selbst wusste, was ich glaubte. Die Uhr zeigt meine Zeit perfekt an. Und sie hat mir eine spannende Geschichte beschert. Mein ganzes Leben wird seither eingeteilt durch die Stunden, die sie schlägt. Meine Uhr. Jede Stunde, jedes Hasten, jedes Warten. Auch gestern. Ich denke an gestern, vorgestern, die letzte Woche, jedenfalls an die Momente, die der Fundus meiner Erinnerung noch freizugeben mag. Meine schöne Frau, meine unschuldigen Söhne, meinen mächtigen Kirschbaum vor dem Haus in der Sackgasse – und das Ende eines verdammt verlogenen Familienidylls.

Ein dankbares Fundament

Eins räuspert sich, nimmt die Nickelbrille von seiner Knollennase und putzt sie mit seinem kleinkarierten Taschentuch, in dessen Ecken eingestickte Initialen glänzen. Trotz des jungen Alters ist seine unsympathische Erscheinung schon voll entfaltet, und ich mache den verhängnisvollen Fehler, diesen Gedanken mit meinen Augen verifizieren zu wollen. Ich blicke Eins an. Den ersten Blickkontakt nutzt Eins gnadenlos zur Eröffnung des Gesprächs.

«Erstaunlich, dass diese Masse fliegen kann. Sind Sie schon einmal mit diesem doppelstöckigen Ungetüm geflogen?»

Ich muss mich mit einem Schluck zu einer Antwort zwingen. «Nein» scheint mir die kleinere Basis, um ein Gespräch darauf aufzubauen, und doch: Seine Ignoranz ermöglicht es ihm. Ignoranz, muss ich einmal mehr einsehen, ist das Fundament, auf dem sich alles bauen lässt.

«Der Luxus an Bord soll unglaublich sein», schwärmt Eins. «Ein Flugzeug, das erfolgreichen Männern wie Ihnen und mir gerecht wird. Genau so sollen Männer wie wir reisen.»

Ich nicke nur.

«Unserem Standing entsprechend, meinen Sie doch auch?»

Ich nicke noch unbestimmter als zuvor und frage mich zugleich, wie «unbestimmter» möglich sein sollte.

«Erfolgreiche Männer sollten sich getrennt von elendigen Schmarotzern bewegen …» Eins verirrt sich und findet das Ende des Satzes nicht. Ein Seufzer ersetzt es. «Denken Sie nicht auch?»

Ein offensichtlicher Schmarotzer

Nun hat er es geschafft. Mein Fuss verharrt still – für einen Moment. Ich versuche, an mein Leben, an meine Erfolge zu denken. Schaler Schein, kaum mehr wahr im Angesicht der Gegenwart. «Der Glanz des schnellen Erfolges blendet manch einen Ehrgeizigen, und er verkennt, wie er selbst zum Schmarotzer der eigenen Glückseligkeit verkommt», antworte ich. Doch mein Gegenüber reagiert wie bis anhin auf meine Worte: mit jovialer Ignoranz. Auch meine Reaktion fällt wenig überraschend aus. Mein Fuss tappt wieder.

Eins: «Es gibt zu viele Schmarotzer in dieser Welt, da stimme ich Ihnen zu. Anständige Mitbürger braucht unser Land! Sie. Mich. Die Rechtschaffenen müssen den Erfolg unserer Gesellschaft retten, Männer wie Sie und wie ich.»

Ein feines Lachen kann ich mir nicht verkneifen. Ich frage mich, wer wohl ein besseres Bild meiner Person hat: meine liebe Nachbarin oder er? Sein Bild von mir amüsiert mich: «Halten Sie mich für bieder oder für verrückt?»

Ein interessanter Gedanke

Eins blickt mich sichtlich irritiert an. Das Rattern in seinem Gehirn ist beinahe zu hören. «Verrückt? Nein, weshalb?» meint er. «Sie sind mehr rechtschaffener Bürger als irgendwer, nicht wahr? Männer wie wir sind die Zukunft.»

Da ich allerdings kein Verlangen nach einer Diskussion mit Eins über meine persönliche Lage verspüre, lasse ich ihn sich auch in diesem Punkt bezüglich meiner Person irren, zumal mir sein Wortschwall angesichts meiner offensichtlich vergangenen Jugend reichlich absurd erscheint. «Sie sollten Politiker werden», kann ich ihm nur empfehlen – und bereue die Worte, kaum habe ich

28

sie gesprochen. Doch nicht einmal in dieser Antwort vermag er den ironischen Ton zu erkennen, und ich muss ihn dafür unweigerlich bewundern: Wer derart ignorant durch die Welt wandelt, ist wahrlich seines Glücks eigener Schmied.

«Ein interessanter Gedanke. Ich werde es bei meiner Zukunftsplanung in Erwägung ziehen», meint Eins.

Glücklicherweise kann ich mit dem nächsten Schluck mein Glas leeren. Ich erhebe mich und schreite mit einer entschuldigenden Geste an die Bar, um mir einen neuen Tequila Sunrise zu organisieren.

Eine subtile Kontrolle

Etwas verwundert bin ich, als ich an der Bar gefragt werde, ob ich ein oder zwei Gläser Tequila Sunrise wolle. Sehe ich wie ein Kettentrinker aus? Und so herzlich war meine Unterredung nun auch nicht, dass Eins und ich wie alte Freunde erscheinen konnten, so als ob ich ihm etwas bringen würde. Vielleicht noch nicht. Ich verweile extra lange an der Bar, bis ich mir sicher bin, dass Eins sich wieder in seine Zeitung vertieft hat. Wie kann er mich als normalen, rechtschaffenen Bürger bezeichnen? Bloss weil ich langweilig durchschnittlich im Anzug gekleidet bin? Fast fühle ich mich beleidigt – oder doch stolz? Immerhin hat mich die subtile tägliche Kontrolle meiner lieben Nachbarin gelehrt, mich möglichst langweilig banal zu benehmen. Ich wollte durch unsere Strasse wandeln, genau so, dass der Blick der Alten keinen Hauch von abschätziger Wertung mehr zum Ausdruck brachte. Eine effektivere Kleiderordnung, als sie meine Mutter je durchsetzen konnte. Spannend, denke ich, dass ich mich an meine Mutter erinnere.

O ja, meine liebe Mutter. Sie hatte es nicht einfach. Nicht mit mir. Ständig machte ich sie nervös. Und dann ihr Bestreben nach Normalität. Normal wollte sie sein, durchschnittlich. Und sie wollte, dass ihre Familie, ihr ganzes Leben als normal wahrgenommen würde. Auffallen, davor hatte sie die grösste Angst. Und heute gebe ich mich so banal, wie sie es sich gewünscht hat. Normal langweilig. Unscheinbar durchschnittlich. Was ich bin, sieht niemand. Das Aussergewöhnliche wird in unserer Welt einfacher ignoriert als erkannt. Niemand scheint es mir anzusehen.

Eine verpasste Landung

Den ersten Schluck gönne ich mir auf dem Weg zurück und verweile einen Augenblick vor dem grossen Fenster. Der riesige Vogel ist gelandet. Verdammt. Ich bin ein wenig enttäuscht, diesen erhabenen Augenblick verpasst zu haben wegen eines widersinnigen Gesprächs. Verdammt. Verdammter Eins. Doch die Faszination des heranrollenden Fliegers überdeckt sogleich jedes negative Gefühl. Ich staune. Ich bewundere. Er ist grösser, als ich dachte. Innerlich frohlocke ich wie ein kleiner Junge mit der ersten Eisenbahn unter dem Weihnachtsbaum, nur auf Grund des Momentes. Pure Glückseligkeit.

Es ist absehbar. Bald würde ich das Flugzeug betreten haben, in meinem geräumigen bequemen Sessel Platz nehmen, mir von Stewardessen in formbetonter Kleidung jeden Wunsch erfüllen lassen. Es würde doch noch wahr werden. Trotz aller Widrigkeiten. Trotz der Verspätung. Mein undankbares Schicksal würde in der Vergangenheit zurückbleiben. Ich würde mich nicht umdrehen, ihm keine Chance geben, auf mich zurückzuwirken. Es bliebe irgendwo. Doch wie immer in den vergangenen Tagen ist meine Vorfreude getrübt. Je mehr ich mich auf diesen Moment freue, desto stärker wird diese beklemmende Vorahnung. Da ist er wieder. Dieser Gedanke. Ist es ein Traum? Eine Vision? Wie ich am Boden liege. Mein Ticket schwebt in der Luft. Die Nickelbrille.

Ein Schluck Tequila Sunrise hilft beim Warten.

In Gedanken erscheint mir nochmals der gestrige Abend. Sah meine Frau diesen Augenblick kommen? War sie sich bewusst, was sie angerichtet hatte?

Eine Träne rinnt über meine Wange.

Ein umfassender Schutz

Zugegeben, für alles kann ich ihr die Verantwortung nicht zuschieben. Dafür hatte ich ihr schlicht nicht alles erzählt. Aber dennoch; bis dass der Tod euch scheidet. Wir hatten uns die Ewigkeit geschworen. In guten wie in schlechten Zeiten. Wir hatten doch bedingungslos Ja zueinander gesagt. Dass ich ihr nicht alles erzählt hatte, war nur als Schutz für sie gedacht. Ich wollte sie nicht belasten. Nie wollte ich das. Nicht mit meiner Arbeit, nicht mit meiner Krankheit. Mein ganzes Arbeiten diente einem einzigen Zweck: ein sorgenfreies Zuhause zu erschaffen, eine Oase in dieser rauen Wirklichkeit, ein Idyll in diesen undankbaren Zeiten. Sie sollte das Leben geniessen, sie sollte mich nicht verstehen müssen. Vielleicht hatte sie genau das nicht verstanden. Ich hatte sie nicht verstanden, jedenfalls nicht am Ende, vielleicht erst dann nicht mehr. Wieso leugnete sie eine Ewigkeit lang, nur um mir am Ende doch noch die Wahrheit zu gestehen? Glaubte sie, mich noch täuschen zu können? Dabei musste sie doch erkannt haben, dass ich alles wusste, oder zumindest das meiste.

Ein angemessenes Staunen

«Was trinken Sie?», reisst mich Eins aus meinen Gedanken. Ich habe nicht bemerkt, wie er sich neben mich gestellt hatte. Doch bevor er mir auch nur eine Sekunde zum Antworten lässt, fügt er sogleich an: «Wow, das ist also das Riesending», offenbar erst jetzt das Flugzeug auf dem Rollfeld erblickend. Wir bestaunen das grösste Passagierflugzeug, als sich auch die Hostess still zu uns gesellt und das Flugzeug bewundert. Es ist noch immer kein alltäglicher Anblick, ein Flugzeug dieser Grössenordnung wahrhaftig zu sehen.

«Meinen Sie wirklich, ich sollte in die Politik einsteigen?» fragt mich Eins.

Ich gebe eine kaum verständliche Silbe von mir.

«Vielleicht haben Sie recht», setzt Eins fort. «Menschen

wie ich sollten sich nicht aus der Verantwortung zur Rettung unseres Landes stehlen. Nur Menschen wie ich können den Wohlstand dieses Landes bewahren.»

Eins behält seinen Blick auf das Flugzeug gerichtet, während er seine Wahrheiten verkündet. Die Hostess blickt erst ihn, dann mich und schliesslich wieder das Flugzeug an. Ihre Professionalität verbietet es ihr, ein Erstaunen über das Gehörte auszudrücken, meine Erfahrung erlaubt mir die Interpretation, dass bereits die Tatsache, dass sie ihn anblickt, mehr Erstaunen zum Ausdruck bringt als irgendeine zusätzliche Regung. Eins irgnoriert die Szene ebenso wie sie still hinter die Bar entschwindet. Wir zwei stehen alleine. Ich mit meinem Tequila Sunrise, er mit einem verdammt dümmlichen Gesichtsausdruck.

Eine richtige Wirkung

Nach Momenten des stillen Beobachtens wiederholt er unverhofft seine Frage: «Was trinken ...» Das Klirren meines auf dem Parkett aufschlagenden Glases verhindert das Ende seiner Frage. Ich bin – erleichtert. Froh. Die Scherben grenzen uns unverhofft wie ein Stacheldraht voneinander ab. Eins scheint sichtlich überfordert damit, sich verantwortlich zu fühlen für dieses Malheur. «War ich das? Ich wollte ... Ich konnte ja nicht wissen, ahnen ...», versucht er die Wirkung seiner Worte zu negieren. Verlegen beginnt er wieder seine Fingernägel zu malträtieren. Mein Fuss beansprucht das Kirschparkett mit seinem Tappen vor Ort.

Durch die Wahl des Moments können Worte mehr wirken als durch ihren Inhalt. Armer Eins, denke ich mit einem schelmisch-unsichtbaren Grinsen. Er kann ja nicht wissen, dass ich, wenn ich auch das Unglück nicht absichtlich herbeigeführt, so doch absichtlich das Unabsichtliche nicht verhindert habe.

«Machen Sie sich keinen Vorwurf», verhöhne ich ihn aufs Neue, ohne dass er es realisiert. Denn meine Worte sollen nur genau dies sicherstellen. So, meine Überlegung, habe ich eine Chance, dass er aus Scham keinen weiteren Versuch zur Diskussion unternimmt. Doch ich zweifle, ob er für eine solche Botschaft überhaupt empfänglich ist.

Ich kehre an die Bar zurück, wo bereits ungefragt ein neuer Tequila Sunrise für mich wartet.

Ein passendes Ereignis

Ich liebe es. Es sind diese Momente, weswegen ich das Leben vermissen werde. Das Luxuriöse hier in der Lounge ist nicht die Tatsache, dass alles umsonst ist. Luxuriös ist, dass ich keinen Gedanken daran zu verschwenden habe, dass es umsonst ist, dass ich mich nicht kümmern muss, wie viel ich bereits getrunken habe, was es kostet oder ob ich das Glas nun noch austrinken soll. Die Metaebene des Luxus. Losgelöst sein im Geiste. Selbst ein Missgeschick wie ein zerbrochenes Glas wird mit einer Diskretion getilgt, die einen fühlen lässt, alles sei richtig, so wie es geschehen ist. Die Welt richtet sich nach dir. Hier fühlt sich einfach alles richtig an. Luxus als Sollen des Seins. Was viele nicht verstehen: Es ist keine Frage des Geldes, es ist eine Frage des Vertrauens – Vertrauen haben, richtig verstanden zu werden. Hier in der Lounge ist es perfekt. Das Vertrauen ist gewiss.

Eine wahrscheinliche Männerfantasie

Ich mustere die Hostess und bemerke ihre Verlegenheit, als sie sich meines Blicks bewusst wird. Ich bin überzeugt, sie ist objektiv gesehen attraktiv. Ihre Uniform verstärkt diese Wirkung stilvoll: nicht zu viel zeigend, aber alles andeutend, Männerfantasien beflügelnd, wahrscheinlich von Männerhirnen entworfen. Nie zuvor hätte ich mir diese Gedanken erlaubt oder mir gar zugestanden, sie zu haben. Doch mit welchem Erfolg? Hat meine Selbstkasteiung, mein Selbstbetrug mein Familienleben gerettet? Und vor allem, welchen Sinn machte es heute noch, jetzt, dies mir gegenüber zu leugnen? Mir war ich verpflichtet, mir alleine. Und genau jetzt erlaubte ich mir diese Fantasie.

«Stimmt mit Ihrem Tequila Sunrise etwas nicht?» Die sanfte Stimme von hinter der Bar lässt mich in der Wirklichkeit landen.

«Alles perfekt», antworte ich. «Wie heissen Sie eigentlich?»

Aus dem Augenwinkel erkenne ich Eins. Eins ist ganz offensichtlich beleidigt, dass ich es wage, statt mit seiner Wichtigkeit mit der Hostess zu diskutieren. Dies festzustellen freut mich derart, dass mich auch das

51. Klacken nur oberflächlich zu nerven vermag – und auch meine Nervosität ist einer fatalistischen Sicherheit gewichen.

Eine nichtssagende Kleidung

«Tatjana», antwortet sie. Ihre blauen Augen strahlen. Auch diesen Namen würde ich vor dem Ende unserer Unterhaltung vergessen haben. Aus diesem Grunde nenne ich sie, meinem Prinzip folgend, schlicht Zwei.

Der Grund für das 51. Nerven ist eine Dame, wohl etwas jünger als Eins, selbst aber genauso nichtssagend gekleidet wie er. Ein klassischer Zweiteiler, grauer Jupe – etwas zu lang, um sexy zu sein –, ein Blazer mit noch weniger Farbe und eine weisse Bluse. Hinter meinem Rücken hat sie sich reingeschlichen. Ich gebe mich der Hoffnung hin, sie möge Eins ablenken und mir eine Rückkehr in meine stille Ecke schenken. Sie setzt sich in meine Dreiergruppe zu Eins und zieht eine hellorange Mappe aus ihrer Tasche, die sie Eins reicht. Kein Hallo, kein Handschlag, nur die Übergabe. Offensichtlich kennen sie sich.

Das Nicht-Begrüssungsritual, die hellorange Mappe: Beides macht mich misstrauisch. Seit ich am Flughafen bin, frage ich mich, was geschehen möge. Würde ich das Flugzeug je besteigen? Hatte ich an alles gedacht? Und dann noch diese Vision. Wie weit ist die Polizei – falls sie überhaupt schon angefangen haben sollte? Alles Ungewohnte erhöht meine Nervosität. Meine linke Hand spielt wieder unkontrolliert Klavier.

Ein banaler Morgenkaffee

Eins ist beschäftigt. Zwei zieht sich professionell zurück. Ich bleibe allein mit meinen Gedanken. Die Polizei kümmert mich nur noch kurz. Schon eher mein Heim: Das Haus schien so friedlich, als ich es heute Morgen verliess. In Ruhe genoss ich noch einen Kaffee in der Küche, las die Zeitung, ass ein Joghurt. Alles war wie immer. Auch der Lichtschalter war noch genauso unpraktisch hinter der modernen Kaffeemaschine versteckt, so dass ich nur mit einer akrobatischen Übung das Licht löschen konnte – ein Unwissender hätte ihn unmöglich finden können. Zugegeben: Der Lichtschalter war vor der Kaffeemaschine an seinem Platz. Doch Jessica wollte die Maschine unbedingt genau an dieser Stelle platziert wissen. Sie beharrte darauf. Dies sei perfekt. Für ihr Karma in der Küche sei es entscheidend. Und schliesslich sei die Küche ihr Hoheitsgebiet. Widerrede verboten. Das Anbringen meiner Bedenken verhallte ungehört.

Als ich die Kaffeemaschine, den Lichtschalter, das ganze Haus heute Morgen verliess war alles wie immer. Auch die liebe Nachbarin, die jeden meiner Schritte verfolgte, als ich aus dem Haus trat, und mein freundliches Nicken mit einem Lächeln quittierte, blickte genauso zufällig aus dem Fenster wie an jedem anderen Tag. Alltag, alles war, wie es sein sollte. Genau so wollte ich meinen endgültigen Abschied von zu Hause. Ohne Tränen, ohne Abschiedsdrama. Kein falscher Kuss, kein geheuchelter Abschiedsgruss. Friede.

Eine ganze Nacht

Die berührenden Szenen des Abschieds hatten alle am Vorabend stattgefunden. Innerlich habe ich sie bereits heute Morgen verdrängt. Wäre ich fähig zum Weinen, ich hätte die ganze Nacht geweint. Doch diese Kompetenz war mir nie vergönnt. Ich weine nicht. War es Trotz? Ich wollte mich nicht unterkriegen lassen. Ich wollte dem grössten Verlust, der absoluten Niederlage, widerstehen. Ich wollte das Positive sehen. Die Zukunft kann ich nicht haben, die Vergangenheit ist vergessen. Mir bleibt das Jetzt. Der Rest meines Lebens soll mir gehören. Ungebunden und ungezwungen. Einmal in meinem Leben will ich frei sein, nur mir gehören. Und sobald ich in der Luft wäre, würde der letzte Stress wegfallen. Frei. Befreit. Diese Tage – sie sollen mit Würde beginnen. So wie heute Morgen. Still und friedlich. Ich hatte noch bis tief in die Nacht alles sauber gemacht. Die beiden Milchgläser gereinigt. Den Abschiedsbrief wie geplant platziert; das Haus war perfekt ordentlich. So wollte ich mein altes Leben zurücklassen. Und so liess ich es zurück.

Mein Blick folgt einer glänzenden DC-10, wie sie beschleunigt, in den roten Abendhimmel emporsteigt und in den aufziehenden Wolken verschwindet. Der Moment des Abhebens fasziniert mich noch genauso wie das erste Mal, als ich ihn selbst miterleben durfte. Das Loslösen, Entschwinden, das sich scheinbare Befreien vom ewigen Gesetz der Erdanziehungskraft. Fliegen. Frei sein. Ich blicke in den Himmel, der mich verwirrt.

Er ist – komisch. Komisch anders, aber ich kann nicht benennen, wie anders. Da ist es wieder, dieses Gefühl, dass heute ein spezieller Tag ist. Grossartig, anders, vor allem unbeschreibbar. Die Anspannung steigt in mir jedes Mal, da mich diese Gefühle, diese Gedanken überkommen. Der Geist ist umfassend.

Ein tragender Pfeiler

«Kommen Sie doch rüber, wir wollten Sie nicht vertreiben.» Eins holt mich in die Wirklichkeit zurück. Fast mitleidig erwidert Zwei meinen hilfesuchenden Blick. Sie kann mich nicht retten. Nur ein ungehobeltes Abweisen könnte mich von der nun folgenden Diskussion retten – aber ich will mir selbst nicht untreu werden. Anstand ist für mich einer der Pfeiler, die unsere zivilisierte Gesellschaft tragen. Ich kann ihn nicht absägen. Ich kann Eins nicht ignorieren. Ich kann meine Werte nicht verleugnen. Mit meinem unpersönlichsten Lächeln auf den Lippen greife ich nach dem Tequila Sunrise und kehre zu meinem Sessel zurück. Zurück in der zivilisierten Hölle, denke ich.

«Darf ich vorstellen», meint Eins, dabei hatte sie bereits einen Namen, als sie die Lounge betrat. Drei lächelt mich nichtssagend an und blickt sofort zu Eins, ohne dessen zustimmendes Nicken sie offenbar kein Wort wagt. «Meine Verlobte», fügt Eins an.

«Gratuliere», drücke ich meine nicht vorhandenen Glückwünsche aus. Wenn das nicht perfekt passt, denke ich.

Drei war exakt der Typ einer Person ohne Persönlichkeit, der meinem Zahlensystem als Beweis gedient hätte, hätte es nach einem solchen verlangt.

Als ich auf der Karriereleiter noch auf den untersten Sprossen verharrte, sah ich mich auf Grund meiner Namen-Erinnerungsschwäche dazu genötigt, mir vor jeder Sitzung einen Spickzettel mit den Namen der Sitzungsteilnehmer zu schreiben. Was rückblickend komische Situationen hervorrief – im Moment selbst waren sie zugegebenermassen eher von Peinlichkeit dominiert –, etwa wenn ich eine Person, die nicht an ihrem auf meinem Spickzettel vorgesehenen Platz sass, mit dem falschen Namen aufrief und ihr entsprechend eine vertauschte Bedeutung zuwies.

Eine wesentliche Reduktion

Ab einer gewissen Sprosse konnte ich es mir glücklicherweise erlauben, der Nebensächlichkeit von Namen ihren Lauf zu lassen. Entscheidend war nur noch die Rolle einer Person, ihre Eigenschaften, ihre Historie während einer Verhandlung. Mit meinem Zahlensystem konnte ich jede Konstellation perfekt ordnen. Namen können täuschen, falsche Werte vorgaukeln. Ich reduzierte die Personen auf das Wesentliche: ihre mir gegenüber erbrachten Leistungen.

«Sie ist meine Stütze», unterbrach Eins meine Gedanken. «Ohne sie hätte ich meine Karriere nicht so erfolgreich gestalten können. Sie hält mir den Rücken frei. Haben Sie Familie?»

Ich bemerke, wie sein Blick unauffällig meine Hand nach einem Ehering absucht. Doch er findet einzig dessen Spur. Da ist er. Das ist der Moment, vor dem ich mich fürchtete. Keinen Tag hat es gedauert, und eine harmlose Frage verkommt zum eventuellen Auslöser einer explosiven Enthüllung. Und dann dieser Fragesteller: Die Person nervt mich fast noch mehr als meine eigene Vorahnung, dass dieser Fall eintreten würde. «Ich hatte die wunderbarste Familie.»

Eine geschätzte Unfähigkeit

Die Peinlichkeit des Moments löst eine grosse Stille aus und verunmöglicht jeglichen weiteren Kommentar. Ich bin fasziniert: Was eine Vergangenheitsform alles auszulösen vermag.

«Sie werden schon die richtige Frau finden», verschlimmert Drei die Situation zusätzlich. Und in diesem Moment bin ich froh, dass ich der Tränen unfähig bin. Niemals hätte ich etwas so Intimes wie Tränen vor diesen emotionalen Holzfällern zeigen wollen. Ein «Verdammt» liegt mir auf der Zunge. Ein «Verdammt» für diese Situation. Ein «Verdammt» für diesen verdammten Eins. Ich bin nur dankbar, dass mir keine Tränen kommen. Ein «Verdammt», weil ich mir bewusst werde, dass ich erst nicht mehr «Verdammt» sagen werde, wenn ich tot bin. Ich bin erleichtert und ein klein wenig glücklich. Noch lebe ich. Mein Blick wandert durch das Fenster auf das Rollfeld zu meinem Traumflugzeug. Der Traum. Das Flugzeug schlechthin. Aus dem rot leuchtenden Himmel erwächst eine dunkelviolette gewaltige Wand. Ein Gewitter droht. Ich hoffe, meine Abreise werde sich nicht noch weiter verzögern: Verspätungen hasste ich schon immer, doch an einem solchen Tag, mit einem eng kalkulierten Zeitplan, an dem zentrale Bedeutung dem Abheben zukommt, werden Stunden zu Ewigkeiten.

Jedes Klacken der Tür konnte die Enthüllung ankünden. Solange ich lebe, werde ich dieses Geräusch hassen, sowieso und heute erst recht.

Eine notwendige Pflege

«Wissen Sie», lockern meine Worte schliesslich die angespannte Stimmung. «Ich hatte die perfekte Familie. Eine wunderschöne Frau, zwei wunderbare Kinder, ein fantastisches Haus. Das Einzige», ich halte inne, muss die Worte drehen, bis sie passen, «das Einzige, was ich nicht gefunden hatte, war mein Traum.» Ich schliesse die Augen. Blind setze ich mein Glas an und trinke einen grossen Schluck. «Der schönste Traum bedarf der Pflege, denn ansonsten fällt er in sich zusammen wie ein misslungenes Soufflé. Er verflüchtigt sich, ohne dass man je merken wird, dass er weg war. Auf einmal macht es klick. Was bis dahin übertüncht wurde vom Selbstbetrug, steht unbeirrt im Rampenlicht. Eines Tages ertrug ich die spitzen Bemerkungen meiner Frau nicht mehr. Ich realisierte, dass sie ihre Koffer in Gedanken schon lange gepackt hatte. Eines Tages war das Unausweichliche nicht mehr zu ignorieren.»

«Traurig», meint Eins, und Drei nickt zustimmend, einen möglichst mitleidigen Ausdruck auf ihrem Gesicht andeutend.

Ein majestätisches Flugzeug

Ich versuche mich, von der erdrückenden Gesellschaft zu befreien, blicke durch das grosse Fenster auf das majestätische Flugzeug. Welch ein Tag, versuche ich zu denken. So wunderbar und schrecklich zugleich. Wie so verschiedene Gefühle in diesem Masse eng umschlungen sein können. Aber wenigstens bleibt ein Traum. Ein Gefühl. Auf jeden Fall dominiert mich kein leeres, im Statusdenken einbetoniertes Ego-Zelebrieren. Was ist realer als mein Traum? Ich weiss es nicht. Für mich gilt nur meine Realität. Mein Traum. Und heute, hier und jetzt, ist es der Traum vom Fliegen.

Eins scheint meinen nachdenklichen Blick bemerkt zu haben. Er fragt: «Beunruhigt Sie etwas?»

Bin ich verdächtig? Ein kurzer Moment reicht aus, mich zu beunruhigen. Ein Bruchteil einer Sekunde, um mir klarzumachen, dass ich kein begnadeter Verbrecher geworden wäre.

Eins nagt an seinen kaum mehr vorhandenen Fingernägeln. Er scheint so nervös, wie ich es sein sollte.

Eins blickt in den dunkler werdenden Septemberhimmel. Drei bestaunt Eins. Ich beobachte die beiden, und beinahe spüre ich ein klein wenig Neid auf ihre gemeinsame Zukunft. «Ich bin nicht beunruhigt», meine ich schliesslich, «höchstens vor Freude.» Die Zukunft ist für mich mehr denn je eine Unbekannte. Doch das befreit mich, das lässt mich den Augenblick in seiner Vollständigkeit geniessen. Aktuell dominiert die Vorfreude auf das Betreten dieses wunderschönen Flugzeugs. Das Wohlfühlen in der Lounge. Ein Schluck Tequila Sunrise. «Wer dermassen vom Fliegen fasziniert ist, für den ist es doch das Grösste, endlich in einer Boeing 747 fliegen zu können. Ein Traum wird wahr. Und nichts wird mir diesen vermiesen.»

«Ich stimme Ihnen zu. Momente wie diesen muss man einfach geniessen», meint Eins.

Ein perfektes Ticket

Wir drei sitzen still, während am Horizont das erste Wetterleuchten zu sehen ist. Gleichzeitig beschleicht mich ein ungutes Gefühl. Ein Gefühl der Unvollständigkeit. Als ob jemand fehlte. Ich versuche mich zu erinnern, wie ich die Lobby betrat. Wer noch im Raum war. Nichts. Nur das ungute Gefühl der Lücke. Dann wandert mein Blick wieder zu diesem faszinierenden Flugzeug, in dessen Hintergrund die Gewitterfront sich immer mächtiger auftürmt. Doch diese dunkle Wand verstärkt nur mein Gefühl, dass etwas komisch scheint, unstimmig falsch. Doch ich vermag es nicht zu benennen.

Ich nehme mein Ticket hervor, um nochmals alle Angaben zu prüfen. Ist mein Name richtig geschrieben? Ich wünsche mir, dass statt der beiden meine zwei Söhne hier sässen, mich begleiten würden. Sie würden stolz

ihren Vater anblicken, der sie in diesem Flieger mitnehmen würde. Ich würde ihnen je ein Glas warme
Milch bestellen, wie ich es ihnen zu Hause vor dem Zu-
bettgehen immer bringe. Ich kontrolliere mein Ticket:
Stimmt die Destination? Ist das Datum korrekt? Ich
lasse mir mein Leben von niemandem zerstören.

Es ist korrekt, dass meine Söhne bei ihrer Mutter bleiben. Jetzt scheint mir alles perfekt: Es ist der 6. September 1972, der Tag, an dem ich erstmals mit einem
Jumbojet fliegen werde.

Perfekt

ES WAR ein Dienstag, kurz vor halb elf Uhr: «Reichen Sie mir das Papier.» Das waren meine Worte. Das war mein Satz für die Ewigkeit.

«Gerne», antwortete Beni. Er legte seine Schlüssel auf meinen Tisch – wie er es immer und in jedem Büro tat, in welchem er zu Besuch war. Nie habe ich herausgefunden, weshalb. War es, um die Hände frei zu haben, war es, weil er sich wie zu Hause fühlen wollte oder stellte es eine Art Besitzanspruch dar? Oder war es einfach eine Gewohnheit ohne Sinn?

Das war vor zwei Wochen. Seltsamerweise erinnere ich mich noch an jedes Detail. Wohl weil ich darauf bedacht war, jedes Detail dieses Moments korrekt zu erfassen. Ein Papier. Vor allem aber: Beni. Ich kenne einige, die Benjamin heissen. Doch Beni bleibt für mich einfach nur Beni.

Okay, Beni wollte eigentlich «Böno» genannt werden. Welch verdammt sophisticated Bullshit. Diese Ich-bin-besonders-und-nenne-mich-besonders-Haltung ist so was von kindisch. Wahrscheinlich ist seine Unterschrift auch besonders originell, übergross, übergestreckt, überirgendetwas. So ein aufgesetztes Gehabe. Benjamin kürze ich mit Beni ab, wie jede und jeder. Verdammt und einfach Beni. Alle im Büro nannten ihn Beni. Eins erinnert mich an Beni. Beni. Einer der wenigen Namen, die ich mir noch merken kann. Beni. Wie hat er mein Leben geprägt. Was für ein Name das ist! Welche Belanglosigkeit von Namen, kann ich nur denken.

Eins könnte Beni heissen – oder auch nicht. Eins ist nicht so belanglos, Beni schon. Die personifizierte Bedeutungslosigkeit. Seit ich diese Person kenne, muss ich das jedes Mal denken, wenn ich diesen Namen höre: was für eine Ungerechtigkeit gegenüber all den anderen Benis dieser Welt. Dieser eine Beni hat den Namen für mich geprägt. Dieser eine belanglose Mensch hat mein Leben zerstört. Nein, es ist keine Person gewesen. Er ist entpersonifiziert. Er ist frei von jeglicher Relevanz. Er ist eine weitere, nicht notwendige Bestätigung für die Richtigkeit meines Nummernsystems als Namenersatz. Alle anderen Benis sollten mir danken, dass ich sie nummeriere, statt mit Beni zu assoziieren. Und doch: Hebt die perfektionierte Belanglosigkeit diese Belanglosigkeit selbst nicht sogleich auf?

Eine überwältigende Abscheu

«Ist das gut so?» Beni legte mir das leere Blatt Papier auf den Tisch. Ich blickte ihn nicht einmal an, schrieb eifrig an meinem Memo weiter und nickte mehr gefühlt denn sichtbar. Ich spürte seinen verächtlichen Blick ob meiner geringschätzenden Nichtantwort. Ich merkte, wie er sich über mein Beni statt Böno nervte, auch wenn ich den Namen gar nicht aussprach. Mein Mund zuckte zu einer Grimasse – doch ich liess mir nichts anmerken. Beni war wahrscheinlich dermassen mit seiner Abscheu mir gegenüber beschäftigt, dass er sich nicht einmal fragte, weshalb er mir ein leeres Blatt Papier, das am linken Tischende lag, rüberschieben sollte. Seine Missachtung für mich musste unbeschreiblich sein. Zu gerne hätte er die Hierarchie umgedreht. Beni – wieso eigentlich Beni? Mit seinem französischen Akzent hätte Jean-Pierre, Gérard oder Nicolas besser zu ihm gepasst.

Ein unausstehliches Gehabe

Anfänglich versuchte ich, ihm gegenüber fair zu sein. Erfolglos. Noch bevor er diese verhängnisvollen Ereignisse ins Rollen brachte, konnte ich seine Art nicht ausstehen. Ich wurde allergisch auf sein Gehabe, sein Verhalten und sein Sein. Als er das Büro verliess, stiess er im Gang beinahe mit der Neuen zusammen, ohne dass sie einander beachtet hätten. Doch ihr gegenüberstehend wendete er. Betrat nochmals mein Büro, griff nach seinen Schlüsseln und entschuldigte sich mit einem verlegenen Lächeln. Auch das war typisch Beni: den richtigen Abgang verpassen. Wieder auf dem Gang, konnte er der Neuen nur noch hinterherblicken.

Was zwischen den beiden vorgefallen war, dass sie sich demonstrativ ignorierten, entzog sich meiner Kenntnis. Die Neue war in einen edlen weissen Zweiteiler gekleidet. Ich kann mich gut an das Kleid erinnern, weil ich mich jedes Mal frage, wie man ein weisses Kleid tragen kann, das auch am Abend noch weiss ist. Sie konnte es. Perfekt. Nicht dass ich ihren Namen kannte. Aber sie war die einzige Frau, an die ich mich erinnern kann, die mich deutlich überragte. Mit ihrer Grösse hatte sie die Gabe, dass sie mit ihrer beruhigenden Ausstrahlung selbst das hitzigste Sitzungsklima überdecken konnte. Nicht in dem Sinn, dass sie eine unangenehme Kühle ausgestrahlt hätte, vielmehr schaffte sie ein Wohlfühlklima.

Bevor sich meine Tür schloss, erkannte ich, wie sie mich vielsagend anlächelte. Ich wusste nicht genau, auf welcher Abteilung sie mit welcher Aufgabe betraut war. Was ich wusste, war, dass ihr Blick einen bleibenden Eindruck hinterliess, bevor die Tür ins Schloss fiel – klack –, dass sie alleine mit Beni auf dem Gang stehen musste und dass in ihre Augen zu schauen bei mir eine wohlige Vertrautheit ausgelöst hatte.

Ein perfektes Weiss

Ich sass alleine in meinem Büro. Als ich wieder meine Ruhe gefunden, Beni vergessen und das Nachbrennen ihres Blickes verdrängt hatte, blickte ich das Blatt an. Ich schaute auf das leere Blatt Papier. Ich musterte es. Weiss. Leer. Nicht unbefleckt; es war perfekt. Innerlich frohlockte ich. Der Grundstein zu meinem Meisterwerk war gelegt. Mein Plan schien zu klappen. Es zerriss mich vor Vorfreude, vor Anspannung. Wie Ameisen überall auf der Haut spürte ich die Erregung. Es funktionierte. Es war genial. Ich hätte jauchzen können. Es war meine Idee. Ich war genial. Ich hätte meinen Gedanken in Grossbuchstaben gedacht, hätte ich gewusst wie. Ich hätte springen können. Und für einmal war mein gewohntes Nerven verschwunden. Mein Mund zuckte nicht. Meine Füsse standen still.

Eine eklige Länge

Ich war überwältigt ruhig. Es war weg. Mein Genervtsein, wie ich es jedes Mal spürte, wenn Beni mir ein Blatt brachte, es war nicht da. War es Ungeschicktsein oder Gewohnheit, jedes Blatt, das er in seinen Fingern gehalten hatte, prägte anschliessend eine Furche in der Ecke unten rechts, als Spur seiner überlangen Fingernägel. Dabei empfand ich schon die Länge als eklig, die seine Fingernägel der rechten Hand hatten. Doch die Länge seiner Nägel war der Gradmesser seines Rebellischseins. Ein kindisches verkalktes Relikt vergangener Zeiten, die jeder normale Bürger mit dem Erwachsenwerden ablegt. Seine ekelerregend langen Nägel sollten wohl belegen, dass er Gitarre spielte. Sie sollten beweisen, dass unter dem graublauen Anzug ein Individuum steckte. Ein Hippie – revolutionär. An seinem ganzen Wesen haftete noch der aufdringliche Charme verkrusteten Woodstock-Schlamms. Seine Haare, wenn auch heute kurz geschnitten, passten jedenfalls zu diesem matschigen Gedanken. Doch in diesem Augenblick sah ich nur diese Furche auf dem Blatt Papier und frohlockte. Sie war perfekt. Es war angerichtet.

Eine einsame Freude

Ich hätte die Welt umarmen können, doch ich blieb sitzen und freute mich ganz alleine still für mich. Denn es war niemand da, den ich hätte umarmen können. Ich öffnete die unterste Schublade.

Das war zwei Wochen her.

Frei

ICH HÄTTE es nicht tun sollen. Nicht an diesem Tag. Der Gedanke hämmert noch heute in meinem Kopf, wenn ich an diesen Montag zurückdenke. Verdammte Montage. Die Erinnerung ist da. Sie bleibt. Sie hämmert unbarmherzig in meinem Kopf. Die Frage treibt mich in den Irrsinn: Weshalb jetzt? Ich weiss es nicht. Es bleibt auch ohne Bedeutung. Ein sich der Löschung erfolgreich widersetzender Gedanke. Einem gefangenen Gummiball gleich springt er in meinem Kopf umher und findet nicht heraus. Eine Frage, die, mich ewig quälend, in meinem Kopf hämmernd, sich immer wieder aufs Neue stellt. Und kein Tequila Sunrise kann ihn stoppen. Vielleicht habe ich es auch gar nicht getan. Vielleicht habe ich alles nur geträumt. Mein Unterbewusstsein spielt mir übel mit. Ich weiss es. Das Wissen brennt schmerzend in meinem Kopf. Ich weiss es so sehr, dass es schmerzt. Die Hoffnung, dass es nicht so wäre, ist der Sauerstoff, der die Glut immer wieder aufs Neue anfacht.

Das Flugzeug steht noch immer regungslos vor dem Fenster. Bestimmt staunen die Menschen überall auf dem Flughafen. Doch niemand hat einen derart guten Blick wie wir, wie ich. Doch auch dieser erhabene Anblick kann das beklemmende Gefühl nicht zum Verschwinden bringen, das mich überkommt bei der Erinnerung an diesen Montag. Dieser eine Tag, der eine Woche beginnen liess und zugleich der Anfang meines restlichen Lebens war, dieses in finale Bahn lenkte.

Eine halbe Ewigkeit

Meine Erinnerung ist klein geworden, aber einzelne Passagen aus meinem Leben scheinen resistent. Und wie mich dünkt vor allem jene, die verbunden sind mit einem intensiven schmerzhaften Gefühl. Vor allem die Erinnerung an jenen Morgen. Damals: Die Sonne wärmte mein Gesicht, als ich vor die grosse Glastür trat und eine halbe Ewigkeit so stehen blieb. Die Sekunden verstrichen und Minuten folgten ihnen. Chorea Huntington. Ich war gelähmt. Es klang wie der verführerische Name einer Frau. Gedanklich schaffte ich es nicht, mich fortzubewegen. Ich war festgefroren. Im Geist. Erstarrt der Körper. Ich bekam den Kopf nicht frei. Zu bohrend war dieser Gedanke. Wie eine Nadel steckte er zwischen meinen Augen. Ich konnte ihn nicht sehen. Doch er schmerzte. Immer geradeaus. Immer von vorne, aus der Blickrichtung, in der eigentlich die Zukunft zu vermuten war. Ich konnte nichts sehen ohne diesen Schmerz.

Sterben. Nie hatte ich mich mit diesem Gedanken befasst. Was sollte das bedeuten? Sterben. Jeder würde es eines Tages tun. Alle. Und doch jeder allein. Und heute bin ich unsagbar allein.

Eine verdammte Leere

Sterben – und dann? Das Nichts. Die verdammte Leere. Was werde ich sein? Werde ich noch sein, wenigstens irgendetwas? Ver … Ich versuche mir vorzustellen, dass ich nicht mehr sein werde, nie mehr, in Ewigkeit. Die Unfähigkeit des Vorstellens schmerzt. Mir wird schwindlig.

Wie war ich doch dumm. Aalglatt arrogant. Zu meinen, diese letzte Konsequenz könne mich nicht treffen. Vater unser, der … Die andern, alle andern, ja, nicht mich. Ich würde leben. Innerlich schrie ich: «Verdammt, leben, ich». Und jetzt scheint es mir einfach nur banal. Tausendfach gelesen. Jeder Sterbende macht sich wohl denselben Gedanken: Weshalb ich? Dabei ist die Frage verkehrt. Das hatte ich an diesem Morgen sofort begriffen, doch zu spät. Die Frage, warum ich? hätte ich vielmehr jeden Tag stellen müssen, an dem ich lebte. Wieso durfte ich leben?

Doch es war vorbei. Meine Zeit neigt sich dem Ende zu. Noch nicht heute, aber doch eher morgen als in einem Jahr. Ungeduld kann verstörend beunruhigend sein, wenn das Ziel gerade nicht herbeigesehnt wird.

Es war der 21. Mai. Morgens. Montags. Ein letzter Grund, diese verdammten Montage zu hassen.

Ich hätte ein Bier nehmen sollen. Mich betrinken. Und gleichzeitig wollte ich leben. Ich erinnerte mich an den schönsten Moment, das erste Mal, als ich Jessica geküsst hatte. Es war ein wunderbar warmer Frühlingstag – für die Jahreszeit waren die Temperaturen definitiv zu hoch. Ich sass auf der Mauer vor dem Universitätsgebäude. Mein Herz schlug schnell, meine Hände waren feucht. Ich wusste, sie würde vorbeikommen. Sie kam jeden Freitag um diese Zeit vorbei, nachdem ihr Uni-Wochenprogramm mit einer Anatomie-Vorlesung beendet war. Ich wollte rein zufällig dasitzend erscheinen. Nicht dass ich sie nicht gekannt hätte.

Ein erstarrter Moment

Natürlich kannten wir uns. Wir verkehrten in denselben Kreisen. Wir hatten dieselben Freunde. Doch nie zuvor waren wir alleine gewesen. Nur wir zwei – diese Situation hatte sich nie zuvor ergeben. Nie hatte sich mir die verdammte Gelegenheit geboten, ihr meine Liebe zu gestehen. Schon damals fluchte ich in jeder erdenklichen Situation um für mich die Bedeutung einer Aussage zu unterstreichen. Und schon in diesen Jahren war ich überzeugt, ich sei clever. Ich dachte, ich sei ein natürliches Schauspieltalent. Glücklicherweise irrte ich zweimal. Jessica kam geradewegs auf mich zu. Sie stand einen Moment vor mir, mein Atem stockte, meine Zunge wog schwer. Doch Jessica fühlte wie ich. Erhofft und doch unvermittelt küssten wir uns das erste Mal. Wir küssten uns. Und hätten wir es geschafft, wir hätten den Moment zur Ewigkeit erstarren lassen. Und irgendwie gelang dies auch: Dieses Gefühl des ersten Kusses blieb unvergesslich als ewig erstrebenswert in meinem Herzen eingebrannt.

Doch an diesem Montagmorgen war das unbeschwerte Glücksgefühl des ersten Kusses unerreichbar fern. Zugleich überlagerte die Erinnerung an einen anderen Kuss all meine Gedanken. Ein Kuss, der scheinbar ewig gedauert hatte und vor dem ich mich stets gefürchtet hatte. Den Kuss, den ich auf den Sarg meiner Mutter gedrückt hatte.

Eine ignorierte Existenz

Der Tod meiner Mutter war tragisch. Er markierte eine Zäsur in meinem Leben. Und doch war er eine Erlösung. Ihre Krankheit, die sie so konsequent verleugnet, deren Existenz sie fast schon ignoriert hatte, war am Ende siegreich geblieben. Innert weniger Jahre war sie zu einem sich unkoordiniert bewegenden Stück Fleisch verkommen. Bemitleidenswert erschreckend hatte sie die Kontrolle über ihren Körper verloren. Das schockierend Abstossendste für mich war ihr ungelenker Versuch, die Würde aufrechterhalten zu können im Glauben, ihre Umgebung würde ihr Leiden nicht bemerken, obwohl sie keinen vollständigen Satz mehr sprechen konnte, obschon ihre Extremitäten für jeden sichtbar unkontrollierbar zuckten. Und alle spielten das erbärmliche Spiel mit. Statt ihre Würde in Ehrlichkeit und Aufrichtigkeit zu erhalten, zerstörte sie diese mit einer Lügenfassade. Ihr Leugnen der Krankheit, das Nichtakzeptieren der Wirklichkeit und somit auch der Wahrhaftigkeit aller anderen, hatte eine für mich unüberwindbare Mauer zwischen uns aufgebaut – die erst mit ihrem Tod eingestürzt war. Meine tote Mutter war endlich wieder greifbar für mich, ihren Sohn.

Ein absolut Fremder

Doch an diesem 21. Mai, an diesem Montagmorgen, wollte ich mich betrinken, einfach nur Weisswein, oder doch Whisky, mich betrinken, bis ich glücklich wäre. Glücklich wie damals bei diesem ersten Kuss. Erlöst wie an dem Tag, als ich vom Tod meiner Mutter erfuhr. An diesem Montagmorgen blieb dies alles jedoch in unerreichbare Ferne entglitten. Dieser eine verdammte Montagmorgen. Fast vier Monate sind seither vergangen.

Ich passe nicht mehr in diese Welt. Beim Anblick von Eins fällt mir dies mehr denn je auf. Es ist nicht das Todesurteil, die Ursache dieser Erkenntnis. Ich verstehe die Welt nicht mehr und sie bietet keinen Platz mehr für mich. Körperlich verurteilt zu sein ist schwer zu ertragen. Doch noch beklemmender ist es festzustellen, sich geistig von dieser Welt verabschieden zu müssen. In diesem System, in diesen Wertvorstellungen hat meine Denkweise keinen Platz mehr. Mein Glück war nicht mehr.

Ich frage mich, ob ich die Erinnerung an meinen ersten Kuss jetzt habe oder nur die Erinnerung an die Erinnerung. Die Erinnerung an das perfekte Glück. An Jessica. An mein Leben. So weit weg, zeitlich, gedanklich – umfassend.

Meine Frau durchtrennte den letzten Verbindungsfaden zu meinem Glück, zur Welt, zu meinem Leben. Als ich realisierte, wie Jessica mich im Geist bereits verlassen hatte, verlor ich den einzig verbliebenen geerdeten Gedanken. Ich war enthoben. Ich begann den Boden zu verlieren. Ich schwebte davon. Und allein die Schwere des Todesurteils führte dazu, mich in Bodennähe zu halten.

Jessica war mein letzter Ansporn, mich in dieser Welt zurechtzufinden. Ich wusste, dass sie mich nicht verstand – oder zumindest glaubte ich dies. Aber ich meinte ebenso zu wissen, dass in diesem Nichtverstehen, im Akzeptieren des Nichtverstehens des Anderen die unendliche Basis unserer Liebe lag. Immer neue Überraschungen. Ewige Verbundenheit. Eine Basis, die nur aus Vertrauen bestand. Doch offenbar irrte ich. Ich irrte gewaltig. Ich verstand sie zu diesem Zeitpunkt weniger denn je.

Ein wunderschöner Engel

Ich muss wieder an diesen Wochenstart zurückdenken. Es war kurz vor 9.00 Uhr, als ich schliesslich die Glastür hinter mir schloss und durch die Strassen wandelte. Ich hätte weinen können. Zugleich versuchte ich zu lachen. Ich wollte das Leben lieben, die restlichen Stunden und Tage leben.

Es war 9.01 Uhr. Die Glocken der nahen gotischen Kirche hatten soeben aufgehört zu schlagen, als ein wunderschöner Engel mir den Weg versperrte. Oder war es nur eine wunderbare Frau in strahlend weissem Gewand? Vielleicht eine Braut? So weiss. Unendlich rein. Im grellen Sonnenlicht blendete mich der Engel. Er hatte einen trauernden Blick. Mitleidig eventuell. Sicher mitfühlend.

Ein passendes Konzept

Jessica war eine wunderschöne Braut. Als sie mir vor dem Altar das Jawort gab – niemals hätte ich gedacht, dass ein Wort dieses Gefühl in mir auslösen könnte. Es war mehr als all der intellektuelle Wert, der mit diesem Wort geschaffen wurde. Es war ihre Stimme, ihr Blick, ihre Hand, die meine ergriff.

Wir hatten in kleinem Kreis geheiratet. Wir waren schon 15 Jahre zusammen und dachten eigentlich stets, heiraten wäre nichts für uns. Wir liebten uns. Bedingungslos. Täglich wollten wir unsere Liebe erneuern, wie frisch verliebt. Da passte das Konzept, gebunden zu sein, nicht. Wir wollten uns lieben, weil wir uns lieben. Wir wären frei gewesen, aber liebten uns so sehr. Und doch, dieser Augenblick, das Ja, es war die Perfektion der Liebe. Für mich. Für mich in diesem Augenblick. Wir haben es erst einen Monat später entdeckt: Jessica war bereits schwanger. Rückblickend aus dem Jetzt frage ich mich, wer was wann wusste. Hatte ich mich selbst belogen, wer hat wen betrogen? Ein vom Zweifel geprägtes Hirn interpretiert zwangsläufig all seine Erinnerungen neu. Was war, scheint anders. Was ist, ist realer, als was war. Und eine Erinnerung ist wirklicher, selbst wenn es nicht so war, als ein Ereignis, das so war, von welchem aber keine Erinnerung vorhanden ist. Und dennoch glaube ich, glücklich gewesen zu sein.

Ein sicherer Ausgang

Die Frau im strahlend weissen Gewand stand noch immer vor mir. Meine Hochzeit verkam zur Anekdote. Die Penetranz der Worte des Arztes gewann den Kampf um Aufmerksamkeit in meinem Kopf. Eigentlich weiss ich noch heute nicht, was an den Worten meines Arztes derart destabilisierend wirkte. War es die Einsicht, sterben zu müssen? Doch neu war dies nicht. Leben ist sterben. Am Ende steht immer der Tod. War es die stimmliche Schwere, die dieser Aussage eine finale Endgültigkeit verlieh, der ich mich zuvor stets verwehrte? Oder war es nicht doch das Unwissen in seiner Bestimmtheit? Er wusste, mein Gehirn war am Degenerieren. Es verkümmerte. Aber er wusste nicht weshalb. Wohl hatte er eine Diagnose. Chorea Huntington. Mehr nicht. Eine Indizien-Verurteilung. Er wusste es nicht genauer. Nicht an diesem verdammten Montag. Vielleicht würde er unterdessen Sicherheit in seiner Diagnose gefunden haben. Doch ich hatte ihn seither nicht mehr gesehen oder gesprochen. Weshalb auch. Ich wusste es. Ich weiss es. Degeneriert mein Hirn in demselben Mass wie bis anhin, würde in einem Jahr zu wenig übrig geblieben sein, um zu überleben. Ab wann ich lebensunfähig sein würde, konnte er nicht sagen. Heute, morgen? Morgen klingt gut. Morgen heisst Perspektive. Morgen heisst Zukunft.

Eine unbeantwortbare Frage

Ich sass vor der Kirche. Noch immer stand der Engel vor mir. Er kam mir vertraut vor. Ich versuchte, mir die Konsequenzen dessen vorzustellen, was ich soeben erfahren hatte. Es war nicht mein erster Arztbesuch – aber mein letzter. Ich versuchte, mir meine Zukunft auszumalen. Wie würde ich das Wenigerwerden des Gehirns merken? Wie merke ich, dass ich immer weniger merke? Wie kann ich ein Fehlen realisieren, wenn genau dieses fehlende Element für das Realisieren notwendig wäre? Ich hatte an diesem Montag keine Antwort und ich habe seither keine gefunden. Und dennoch habe ich mit dieser Frage abgeschlossen. Ich habe entschieden, dass diese Frage irrelevant sein würde. Unbeantwortbare Fragen sind nicht zu stellen. Unsinn. Verlorene Zeit. Verschwendete Gedanken. Und so frage ich mich diese Frage seither nicht mehr. Ich lebe. Ich lebe befreit. Denn das Wissen um die Kürze meiner verbleibenden Zeit hat auch eine ungemein befreiende Wirkung. Es rückt den Fokus zurecht auf das eine Wahrhafte. Sparen? Wozu. Ich lebe jetzt und nicht morgen. Nachhaltigkeit? In Bezug auf was? Nichts zählt mehr als das Jetzt. Pläne entwerfen für morgen? Sinnlos. Nicht planen, machen.

Morgen ist das Sterben. Morgen klingt gut. Morgen ist nie heute. Morgen ist nie jetzt. Morgen ist morgen – genügend Raum für Hoffnung. Morgen. Immer morgen. Was ist schon morgen? Heute ist morgen für mich nur eine grosse Leere. Gestern noch war morgen alles, gefüllt mit Hoffnungen, Erwartungen: mein Potenzial. Und doch nie real. Morgen existiert nicht. Nie. Auch morgen nicht. Morgen ist nicht morgen, sondern heute, und morgen bleibt morgen. Das hat mich diese Krankheit gelehrt.

Ein ewiges Morgen

Mein Familienleben war immer morgen. Mein perfektes Vatersein war morgen, mein Ehemannsein war morgen. Stets wusste ich, wie es sein müsste, wie es sein würde. Nie hatte ich es umgesetzt. Denn es war immer morgen. Mein Leben zerbrach an diesem Morgen. Und heute, da ich kein Morgen mehr habe, kann ich endlich das Jetzt geniessen. Heute ist alles.

Der Engel war verschwunden. Aber seine helle Erscheinung hatte mir in der Tat Erleuchtung gebracht. Ich wusste nun, was ich immer schon ahnte, aber mir nie eingestehen konnte. Durch mein stetiges Planen der Zukunft hatte ich die Gegenwart aufgegeben. Ich hatte gespart für ein Haus, als ich noch keines hatte, ich plante meine Ehe für Kinder, als wir noch keine hatten. Und dann plante ich für die Zeit, wenn die Kinder ausgezogen sein würden. Nur das Jetzt leben, verwirklichen und geniessen hatte ich vergessen. Egal wie lange ich leben würde, etwas anderes als im Jetzt leben geht nicht. Nur bis anhin hatte ich das Jetzt der Zukunft geopfert. Erst jetzt, ohne Zukunft konnte ich das Jetzt als jetzt akzeptieren. Nicht geniessen, um des Genusses willen, sondern geniessen, um dem Wert des Lebens gerecht zu werden. Den Moment leben ist nicht verantwortungslos. Ich würdige damit das Leben. Dessen wurde ich mir an diesem Montag auf der Treppe vor der Kirche bewusst. Das war damals.

Ich blicke mich in der Lounge um. Eins lächelt in die Leere des Raumes. Er mustert mein Tequila-Sunrise-Glas.

Ein kleiner Plan

Hatte mich der Engel berauscht? Niemals zuvor und nie wieder danach verspürte ich diese Euphorie. Ich hatte die Bodenhaftung verloren. Ich entflog dieser Welt. Und ich wollte gar nicht zurück. In diesem Moment entwarf ich meinen Plan. Nicht dass ich jedes Detail plante, aber ich legte mir den groben Wurf der kommenden Wochen zurecht. Nicht um weiter zu planen. Sondern um mich der letzten Fesseln meines bisherigen Lebens zu entledigen. Ein letztes Mal musste ich planen, um mich völlig zu befreien. Um das Jetzt zu geniessen. Ich bin nicht tot. Ich bin auch nicht mehr lebend. Es ist besser: Ich bin frei.

«Geht es Ihnen gut?», holt mich Eins in die Gegenwart zurück. Ich muss eine komische Figur abgeben, dass er mich dies fragt.

«Alles bestens», antworte ich. «Es könnte nicht besser gehen – abgesehen natürlich davon, dass es schön
wäre, wir könnten endlich einsteigen.»

«Wo Sie recht haben», entgegnet Eins mit einem von
Drei sekundierten Lächeln. Und unser dreier Blicke
wenden sich dem Flugzeug zu.

Herzlich

ICH VERGESSE das Flugzeug. In die Leere meines Kopfes drängen Erinnerungen an die Augenblicke, als mein Leben noch perfekt war. Wie jener Sonntagabend. Jessicas Lachen brauste herzlich durch unser Wohnzimmer. Die Stimmung war ausgelassen. Wir sassen zu viert bei Tisch. Wir schwelgten in gemeinsamen Erlebnissen, wir tranken, wir vergassen den Alltag. Das Leben war in diesem Moment vollkommen. Es ist bestimmt etwas melancholische Vergangenheitsverklärung dabei, die sicherheitstiftende gemeinsame Geschichte und vor allem ein sehr grosses Glücksgefühl über die in diesem Augenblick empfundene Nähe. Freundschaften zelebrieren das Leben.

Es war bereits Montag, als wir die vertraute Runde auflösten. Die leeren Flaschen versprachen einen schweren Kopf zum Wochenstart und eine weitere gemeinsame Erinnerung für den Rest unseres Lebens. Es zählte einzig die Freude des zusammen Erlebten. Der Tag, an dem mein Lebensentwurf kollabierte, war noch weit entfernt. Die Euphorie des Lebens bestimmte den Moment, die Tragik des Todes war noch unvorstellbar.

Ein sanftes Ende

Ich erinnere mich an einen DVD-Abend, gemeinsam mit Jessica vor dem Fernseher, friedlich die zwei Stunden vor dem Einschlafen geniessend, den Tag sanft ausklingen lassend, die Wärme des anderen spürend, in Gedanken frei seiend. Es waren wunderbare Momente der Zweisamkeit, ohne Ziel und ohne Druck, nur dem Augenblick verpflichtet. Auch das ist unwiederbringliche Vergangenheit. Deren Wirklichkeit im Dunst meiner schwindenden Erinnerung verblasst.

Ich blicke auf das Flugfeld. Der imposante Flieger wirkt wie ein Monument auf mich. Majestätisch, erhaben. Ein Denkmal für mein Leben, eine Projektion für meine Erinnerungen. Ich hatte bei allen schwierigen Momenten ein Leben, über das ich mich nicht beklagen kann. Ich muss mir selbst gegenüber ehrlich sein. Ich war privilegiert. Ich lebte ein gutes Leben – was mich nicht daran hindern soll, auch für die letzten Tage und Wochen ein anständiges Ende anzustreben und den Respekt vor meiner Integrität einzufordern. Ich lebe jeden Augenblick bis zu meinem Tod mit derselben Leidenschaft.

Vorbereitet

«VATER UNSER im Himmel …» Ich versuche zu beten. Was waren noch gleich die nächsten Worte? Versuche ich mich anzubiedern? Mein Leben lang hatte ich die Kirche missachtet. Meist aus Zeitnot habe ich sie verschmäht. Manchmal wollte ich mich auch bewusst nicht kritisch hinterfragen. Doch im Angesicht des Sterbens steigt ihre Attraktivität. Religion als Sterbeversicherung. Mir scheint eine Absicherung gewissermassen nicht verfehlt. Prophylaktisch beten erachte ich als angebracht, auch wenn ich über dessen Nutzen zweifle. «Vater unser …» Kann ich anfangen zu glauben, aus dem Nichts? Aber vor Gott sind doch alle gleich, selbst ich Ungläubiger. «Vater unser im Himmel, blabla, blabla.» Es will nicht funktionieren. Ich blicke aus dem Fenster. Diese Aussicht: Sie erinnert mich an mein Büro. Ich versinke in meinem Sessel und lasse die beiden unerwünschten Mitwartenden in der Gegenwart zurück, als ich in Gedanken in das Büro im siebten Stock zurückkehre. Mein Arbeitsplatz. Die Bank.

Eine eigene Welt

Der 5. September war ein Dienstag. Dennoch war ich alleine, als ich gestern Morgen mein abschliessendes Geschäft regelte.

Beim letzten Glockenschlag um 8.00 Uhr stand ich in meinem Büro vor dem Fenster. Die blau-weissen Strassenbahnen krochen kleinen eckigen Würmchen gleich auf dem Platz tief unter mir scheinbar chaotisch umeinander herum, scheinbar individuell einem eigenen Plan folgend, sich nie berührend und doch aufeinander abgestimmt. Ich beobachtete selig. Dazu genoss ich einen heissen Kaffee. Wie jeden Morgen. Es waren fünf Minuten der Musse. Fünf Minuten zwischen Familie und Arbeit. Fünf Minuten für mich, meine Gedanken, meine Welt. Es war in diesem Moment, als ich es das erste Mal spürte. Dieses Gefühl, dass etwas Grossartiges geschehen würde. In Bälde. Es war kaum beschreibbar – nicht in Worten jedenfalls. Und es entrückte die ganze Wirklichkeit ein klein wenig ins Unwesentliche. Dieses Gefühl war befreiend. Unwirklich und faszinierend. Ein vollkommener Kontrast im Vergleich zu meiner Gefühlslage 24 Stunden zuvor. Es war das Gefühl, alles richtig zu machen. Dieses eine Mal. Es würde nicht die Welt verändern. Aber es wäre die vollkommene Konsequenz, nicht nur reden und träumen, sondern umsetzen. Die volle Verantwortung für das eigene Leben übernehmen.

Ich halte inne, versuche zu trennen, wie es war und wie ich es gerne in der Erinnerung hätte, um mich schliesslich zu fragen: Oder war es doch nur die Vorfreude auf den Flug, die mir diesen Schub an Euphorie verlieh?

Ich lasse die Frage unbeantwortet und fahre in meiner Erinnerung fort. Der Dampf des Kaffees benebelte die Fensterscheibe und ich sah die Berge nur noch schleierhaft als malerische Kulisse. Malerisch, als läge ein Hauch von Morgennebel über dem Seebecken. Ich fühlte mich in einem Bild Caspar David Friedrichs, wie ich in die unerreichbare Schönheit der Natur hineinstarre.

Ein ungewisses Ziel

Es war der Tag unseres Herbstausflugs. Die ganze Abteilung war aufgeboten für eine Reise ins Ungewisse. Alle Jahre wieder. Niemand hatte eine Ahnung, wohin die Reise ging. Tradition. Das Ziel lautete Teambildung. Ein jährlich wiederkehrender verdammter Schwachsinn – in diesem Zusammenhang schien mir jegliches Fluchen absolut angebracht – zur scheinheiligen Demonstration der Mitarbeiternähe des oberen Kaders. Die Scheinheiligkeit des «Wir-Gefühls» für einen Tag leben. Alle besammelten sich um 7.30 Uhr vor dem Haupteingang. Ich ausgenommen. Ich war krankgeschrieben. Eine Wohltat – nicht das Kranksein, aber das Krankgeschriebensein. Auf unbestimmte Zeit. Als ich um 7.49 Uhr an der Pforte 3 eintraf, war keine Spur mehr zu sehen von meinen Kolleginnen und Kollegen, Vorgesetzten und Untergebenen. Auch Beni war weg. Der ideale Tag. Mein Tag.

Ich warf den leeren Kaffeebecher in den Papierkorb zum Foto meiner Familie und setzte mich hinter meinen stattlichen Schreibtisch. Seine Wuchtigkeit schuf zu jedem Gast eine Ehrfurcht einflössende Distanz. An der Wand gegenüber hingen drei Kandinsky-Lithografien, die ich mir hatte aus dem Kunstschatz unserer Bank ausleihen dürfen. Ein mächtiges Ledersofa formte einen Raum als Oase für das kreative Konzipieren. Auf meinem Tisch standen ein Schreibset, ein Telefon sowie ein leerer Bilderrahmen. Im Posteingangsfach lag ein Umschlag mit dem IATA-Aufdruck, typisch für Flugtickets. Auf dem Umschlag stand mit feiner Bleistiftspitze geschrieben «okay». Darüber «15.30?».

Eine ignorante Anweisung

Die Zahlen waren eindeutig meine Schrift. Das zustimmende «okay» war ebenso klar nicht von mir geschrieben. Ich fragte mich nach dem Sinn dieses schriftlichen Dialogs, kam jedoch zum Schluss, dass es sich um einen wiederverwendeten Umschlag handeln musste. Ich steckte ihn ein. Unter diesem lag eine der unzähligen verdammt ignoranten Anweisungen meines Chefs. Auftrag, Termin: Zeitverschwendung. Wie jeden Tag musste er mir diesen gestern spätabends in mein Fach gelegt haben, offenbar mit der Befürchtung, ich könnte einen Tag ohne Arbeit bleiben, gleichzeitig ignorierend – unbequeme Wahrheiten zu ignorieren hatte er perfektioniert –, dass ich krankgeschrieben war. Neunzig Prozent eines Auftrags meines Chefs dienten der Befriedigung seiner Prozess-Neurose. Mit Glück blieben zehn Prozent für einen produktiven Output.

Ein entscheidungsfreudiger Mensch

Mein Chef. Der typische zu Tode beförderte Manager. Braun vom Scheitel bis zur Sohle – anders konnte er kaum in diese Position gerutscht sein. Braun im Gedankengut, unabdingbar gehorsam, unhinterfragt alle Befehle ausführend. Braun vom irgendwo Reinkriechen. Verdammt braun. Mein Chef. Unfähig, überfordert, sein fehlendes strategisches Wissen hinter einem Berg Kleinstaufträge aus dem Tagesgeschäft kaschierend. Zwar fehlt ihm der strategische Weitblick, aber weil er heute erfolgreich über die Farbe jedes einzelnen Mäppchens auf seinem Tisch entschieden hat, fühlt er sich als erfolgreicher, effizienter, entscheidungsfreudiger Manager. Mein Chef. Bereits mein Enervieren über einen neuen Auftrag enthielt mehr strategische Kompetenz als jeder Auftrag meines Chefs. An jedem anderen Tag hätte ich zuerst einmal darüber geflucht. Verdammt – nicht an diesem Morgen. Mit grösster Genugtuung nahm ich das Papier, faltete es, faltete es, faltete es und liess es schliesslich auf den leeren Kaffeebecher im Papierkorb fallen.

Es war still. Kein Geschwätz drang vom Gang her in mein Büro. Kein Telefon klingelte. Für einmal konnte ich den Raum tatsächlich mit meinen Gedanken füllen. Heute Abend. Die finale Entscheidung. Unwiderruflich. War meine Rache angemessen? War ich nicht zu selbstherrlich gegenüber Beni? Noch wäre Zeit für eine Kehrtwende gewesen. Noch hätte ein Zweifel das Urteil relativiert. Doch die Sicherheit überwog. Beni. Durfte ich, was ich in Gedanken schon so oft durchgespielt hatte? War nicht ich der Scheinheiligste unter den Scheinheiligen? Ich hatte es begonnen, nun würde ich es vollenden müssen. Meine Glaubwürdigkeit mir selbst gegenüber stand auf dem Spiel. Die einzige, die mir blieb.

Ich zog das Flugticket aus dem Umschlag. Vorfreude übermannte mich. Verflogen war die Gefahr aller ungestellten Fragen: Die Zukunft rechtfertigte die Vergangenheit.

Ich stand auf und holte mir eine weitere Dosis Koffein: die Droge des Langweilers. Auch das musste ich an diesem Morgen selbst erledigen. Und auch das fühlte sich befreiend an.

Ein einflussloses Handeln

Ein Herr Germain Winter wird über Lautsprecher ausgerufen. Flug nach München, last call. Einen Spalt weit öffne ich die Augen und blicke Eins und Drei an, die schweigend in Dokumente vertieft dasitzen. Sie sind mit sich selbst beschäftigt. Keinen Herrn Winter vermissen sie und bevor ich die Augen wieder schliesse, ist Winter aus meinem Kopf verflogen. In Gedanken kehre ich in mein Büro zurück. Fast rieche ich den zweiten heissen Kaffee. Ich bin überrascht, wie sehr mir dieser Morgen noch präsent erscheint. Obschon er erst gestern gewesen war, ist diese Gedächtnisleistung für mein aktuelles Erinnerungsvermögen nicht selbstverständlich.

Genauso wie mein Handeln keinen Einfluss mehr auf meine Karriere haben würde, genauso wenig beeinflusst es die moralische Bewertung meines Lebens. Ich würde diese Bewertung nicht vornehmen können. Ich will es auch nicht. Aber ich spüre, dass ich diese Unbeschwertheit nutzen musste. Gewiss, die Begrenztheit meiner Lebenserwartung erlaubt es mir, langfristige Folgen meiner Entscheide mit fast schon fahrlässiger Leichtigkeit zu ignorieren. Eine absolut menschliche Fähigkeit, die unseren Lebensstil erst erträglich macht, die es uns ermöglicht, die Bürde der Verantwortung für längerfristige Folgen unseren Kindern zu überlassen … Die Kürze des Lebens kann ein Geschenk sein. Die Absehbarkeit meiner Zeit befreit. Gleichzeitig ist auch sie eine Bürde: Wenn ich nicht einmal an diesem Tag fähig wäre, das Richtige zu tun, wann dann?

Eine ehrliche Konsequenz

Mein Büro. Gestern. Ich stand auf und blickte auf die Bergkette, gezeichnet vom wunderschönsten Morgenrot, dessen ich mich entsinnen konnte.

Immerhin, an diesem Abend würde ich bewiesen haben, dass ich bereit war, die Konsequenzen in all ihrer Fatalität zu ziehen. Endlich hatte ich den ehrlichen Mut, das scheinheilige Ideal eines ewig anhaltenden glücklichen Familienidylls durch die Wirklichkeit zu ersetzen.

Dabei wäre es zugegebenermassen einfacher gewesen, diese zuckersüsse Fassade aufrechtzuerhalten. Meine restliche Lebenszeit hätte es nicht beeinflusst. Die Worte auf meinem Grabstein würden gewiss liebevoller ausgefallen sein, die Trauer an meiner Beerdigung überwältigender. Aber, wie gesagt: Wenn ich an einem Tag wie diesem nicht bereit dazu wäre, ehrlich zu sein, wann dann? Ich werde als Ehrlicher einsam abtreten, aber immerhin nicht als Heuchler.

Ein Schluck Kaffee wärmte meine Kehle. Ich sinnierte eine lange Weile, bevor ich mich wieder an meinen Tisch setzte und die unterste Schublade öffnete. Es war kurz nach neun Uhr.

Ein seligmachender Genuss

In der untersten Schublade lag neben einer Flasche Whisky eine Bibel, dazwischen stand ein Kristallglas. Ich hob alles auf den Tisch. Ich goss mir einen doppelten 25-jährigen Laphroaig ein und netzte meine Lippen. Niemals sonst hätte ich morgens getrunken. Stets war dieser seligmachende Genuss für das Ende eines erfolgreichen Tages reserviert gewesen. Nie war es der Auftakt. Doch je kleiner die Zukunft wird, desto unbedeutender sind diese Prinzipien. Carpe diem. Ich genoss einen Schluck und es fühlte sich an, als würde ich zeitgleich an einer feinen Zigarre ziehen. Ich öffnete die Bibel. Gideons Bibel, geklaut am 28. August 1970 in Washington D.C. aus dem Hotel, dessen Namen mir nicht mehr einfällt. Ich weiss noch, dass ich diesen Namen immer wusste. Doch «immer» erhält in meinem Gehirn zunehmend Schranken. Die Bibel besänftigte jeweils mein Fernweh. Wenn ich spätabends noch zu arbeiten hatte, gab mir dieses Buch den Blick frei in eine Welt voller Möglichkeiten, Freiheiten. Nicht weil es eine Bibel war, sondern weil es eine Erinnerung aus einem Hotel von einer Reise war.

Eine erste Seite

Obschon es keinesfalls kalt war im Büro, zog ich meine Lederhandschuhe über. Ich öffnete die erste Seite des Buchs Hiob. Es war wohl etwas plakativ gewählt, aber diese Seite konnte ich mir einfach merken. Auf die Seite war ein weisser Umschlag geklebt, den ich nun entfernte. Ich öffnete ihn. Das Blatt Papier war noch genau so vorhanden. Das Requisit für das Schauspiel war bereit.

Ich gönnte mir einen grossen Schluck schottischen Single Malt.

Sorgsam schob ich das Blatt zurück in den Umschlag. Diesen löste ich aus der Bibel und steckte ihn in die Tasche meines Jacketts.

Mein Blick fiel auf den Papierkorb, das Foto, den Becher, das unendlich gefaltete Papier und zuunterst auf einen gelben Umschlag. Ich überlegte, wie dies wohl interpretiert werden würde. Nach einer Weile bückte ich mich und nahm den gelben Umschlag und das Papier wieder aus dem Abfall. Den Umschlag steckte ich ein. Das Papier entfaltete ich und legte es, nun mit einem grossen

Kaffeefleck verziert, zurück ins Postfach. Anschliessend streifte ich die Handschuhe ab, griff nach dem Glas und setzte mich auf das Sofa. Mein Blick wanderte über das Bergpanorama. Tief unter mir quietschten die Räder der Strassenbahn in den Kurven. Das Leben pulsierte. Das Faszinierende war, in diesen Momenten der Ruhe waren meine Zuckungen verschwunden.

Die Berge waren romantisch. Mein Blick drang durch das Fenster, durch den feinen Dunst, der vom See aufstieg und dem Ausblick etwas Mystisches verlieh. Caspar David Friedrich blitzte erneut in meine Gedanken. Die Schönheit der Berge blieb mein Anker in einer sich immer radikaler verändernden Welt. Ich verlor den Boden. Kein Halt mehr. Alles, woran ich stets geglaubt hatte, war weg. Für immer verloren. Zerstört durch die eine ehrliche Frage nach dem Sinn. Das Einzige, was mir blieb, war der sehnsüchtige Blick nach der Unverrückbarkeit der Berge.

Ich erhob mich und stand ganz nah an das Glas, so dass ich die kalte Herbstluft vor dem Fenster spürte. Ich war unwiderruflich überzeugt, das Richtige zu tun. Ich bin überzeugt.

Ein falsches Meisterhaftes

Mein Blick wandert musternd über die Wolken hinter dem Jumbojet. Etwas scheint falsch. Grossartig, und doch falsch. Wie wenn van Gogh den Himmel zu einem Da-Vinci-Gemälde erschaffen hätte. Meisterhaft – und doch nicht richtig.

Ich erhebe mich und schreite zum Fenster. Ich will dies genauer mustern. Neugierde packt mich, Unruhe überkommt mich. Zugleich bin ich froh, dass Eins mir nicht folgt. Die beiden scheinen mein Weggehen zu ignorieren. Doch die Freude währt nur kurz. Die Beunruhigung nimmt überhand. Ich versuche, mein Spiegelbild in der Scheibe zu finden, und erkenne doch immer nur das Flugzeug. Ist es der Tequila? Ich versuche mich zu beruhigen und die Frage beiseitezustellen, wieder an die Vorfreude zu denken, an den Flug, die Technik, das Fliegen. Ich blicke dieses Metallmassiv an und bin fasziniert von der Form, die es angenommen hat.

Die Scheibe strahlt die Kälte von draussen ab. Ich bewundere das Flugzeug und spüre meine Überzeugung, das Richtige getan zu haben.

Ein unbemerkter Tod

Die Gewitterfront kommt langsam und unbeirrbar näher. Dunkel. Mächtig. Und irgendwie falsch. Bin ich im Begriff, den Verstand zu verlieren? Ist es so weit? Eine dunkle Vorahnung untermauert meine ewig wiederkehrende Vision. Meine Stimmung ist in einem Ausmass belastet, dass ich mich nicht einmal mehr über das Schliessen der Tür nerve. Bin ich schon tot? Wenn ich mich nicht mehr darüber nerve, müsste ich doch tot sein?

Das 52. Klacken.

Kurzzeitig lenkt ein Glitzern auf dem Boden meine Aufmerksamkeit ab. Offenbar hat sich eine Scherbe

meines zerbrochenen Glases dem sorgsamen Putzvor-
gang erfolgreich entzogen.

Das 52. Klacken. Ich komme zum Schluss, dass ich
erst tot sein werde, wenn ich mich auch nicht mehr
frage, ob ich mich darüber nerve.

Persönlich

ICH BRAUCHE einen Drink. Einen nächsten, der mir hilft, die Richtigkeit meiner Entscheidung nicht weiter zu hinterfragen. Zwei stellt mir einen Tequila Sunrise hin, als ich mich an die Bar lehne.

«Der wievielte Monat?» Die in Gedanken formulierte Frage rutscht mir fahrlässig über die Lippen.

Zwei blickt etwas beschämt auf ihren Bauch, sich gewahr werdend, dass ihre Uniform den Ansatz einer Rundung nicht mehr vollständig zu kaschieren vermag. In die peinliche Stille nehme ich einen Schluck – der unfähige Versuch, eine weitere Peinlichkeit meines Lebens zu ertränken. Fast entgleitet mir das Glas auf Grund meiner Zuckungen. Bin ich derart nervös? Ich will mich abwenden, als Zwei unverhofft antwortet: «Der vierte.»

Ein persönliches Vermissen

Ich frage mich, wie mir die unpassend persönliche Frage hatte rausrutschen können. Mir, der personifizierten Kontrolliertheit. Vielleicht suche ich tatsächlich eine persönliche Beziehung. Vielleicht sehne ich mich doch nach einer Person, die mich im persönlichen Austausch gekannt haben wird, in der Hoffnung, sie würde sich nach meinem Ableben meiner erinnern. Gewiss, Zwei mochte ihrer Funktion verpflichtet sein. Und doch konnte ich mir dank ihrer Reaktion einreden, dereinst würde mich zumindest eine Person vermissen.

«Sie gleichen meinem Mann», meint Zwei.

«So?», antworte ich, nicht ganz ernst anfügend, «Sie müssen einen grossartigen Mann haben.» Und kaum habe ich die Worte gesprochen, frage ich mich, ob mein Ton die Ernsthaftigkeit der Aussage, wie beabsichtigt, zu negieren vermochte.

«Den besten», antwortet Zwei und lacht.

«Und was macht er?»

«Wahrscheinlich nervt er sich gerade wieder einmal über seinen Boss.»

«Das kenne ich», antworte ich lachend.

Ein konsequentes Resultat

«Benoît, mein Mann, hätte es schon längst verdient, all die Zeit, die er in seinen Job investiert, aber sein Boss verhindert seine Karriere. Was logisch erscheint: ‹Wer will schon auf einen so engagierten Mitarbeiter verzichten?›, sagt mein Mann immer. Immer wieder versucht er, Nähe zu seinem Chef aufzubauen. Immer wieder versucht er, auch mal mit einem persönlicheren Gespräch in Beziehung zu treten. Doch das Resultat ist konsequent Abweisung, bestenfalls Nichtbeachtung. Aber er lässt sich nicht unterkriegen. Ausserdem ist er als Ausländer natürlich nicht ganz frei in der Suche nach einer neuen Stelle, und das weiss sein Boss auch.»

«Wo kommt er denn her?»

«Aus Kanada. Kennen Sie Kanada?», fragt Zwei.

«Nur die USA. Washington ist das Nördlichste, was ich in Amerika kenne. Aber Kanada ist bestimmt ähnlich, denke ich. Ihr Mann ist sozusagen ein Fastamerikaner.»

«Das wird ihn bestimmt fast freuen», antwortet Zwei mit einem Schmunzeln.

«Dann ist er wohl nur wegen Ihnen hier?»

Eine persönliche Frage

Zwei nickt verlegen und wendet sich ab. Ich bin unweigerlich verunsichert. War meine Neugier zu aufdringlich? Obschon mir das Schwangersein als Frageinhalt persönlicher scheint. Ich gehe wieder zur Fensterscheibe und beobachte das Treiben auf dem Rollfeld. Ein Tankwagen ist zum Flugzeug gefahren worden. Zwei Flughafenmitarbeiter rollen klobige Schläuche aus und verbinden das Fahrzeug mit dem Flieger.

Es gibt mühsame Chefs, oh ja, denke ich, aber ebenso falsche Mitarbeiter.

Kurz

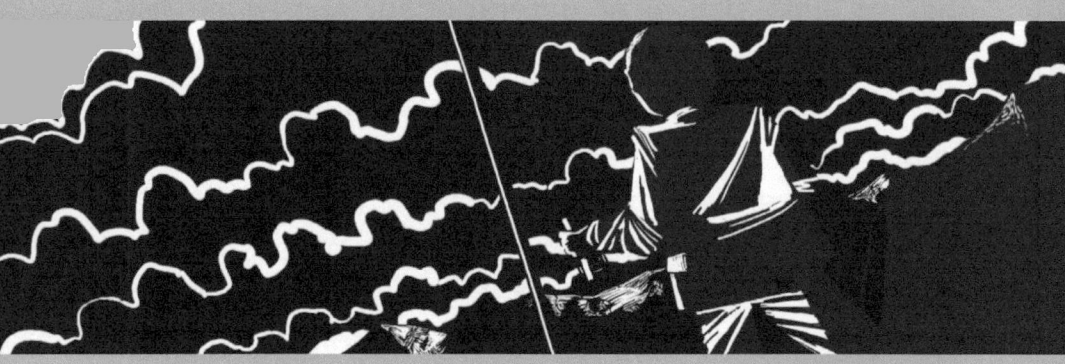

ICH STEHE vor dem Fenster und denke an Beni. Die Klage von Zwei über die Karriere ihres Mannes erinnert mich an Beni, der wohl in Verkennung seiner eigenen Fähigkeiten sich auch immer weiter oben auf der Karriereleiter sieht. Beni. Immer wieder Beni. Beeeni! Beni, Beni, Beni. Mehr als meine Krankheit hat er mein Leben zerstört. Ich sehe noch genau vor mir, wie er, in völliger Ignoranz um die wahre Bedeutung seiner Worte, in meinem Büro sass und über die Stasi-Methoden unseres Sicherheitsdienstes herzog. Beni. Banal Beni. Schon der Name löste in mir Ekel, Abwehr aus. Dabei war es nur diese Person. Ich kannte viele Benis – glaube ich zumindest. Doch da ich Namen kaum im Gedächtnis behalten kann – nie konnte, um genau zu sein –, weiss ich dies nicht mehr so genau. Beni, der eigentlich Böno genannt werden wollte. Er hatte dies gar perfektioniert. Er unterschrieb mit Böno, meldete sich am Telefon mit Böno, war im Firmennamensverzeichnis mit Böno vermeldet. Doch für alle war er Beni.

Schlicht, kurz, normal Beni. So normal, wie er es wahrscheinlich gerade nicht sein wollte.

Ich wende mich dem schwarzen Sessel zu.

Ein unbedeutender Name

Ich blicke Eins an, nehme einen Schluck Tequila. Beni. Dabei ist es nur diese eine Person, nicht dieser Name, diese vier Buchstaben. Es ist die Realität, die sich hinter dieser Bedeutung verschanzt. Beni. Das einzig Positive, so man das auf diese Weise bewerten will, ist, dass ich den Namen, diesen kurzen unbedeutenden Namen, in meinem Kopf bewahren konnte, während die Mehrheit aller Namen langsam aus meiner Erinnerung verschwinden. Die Tochter meiner Schwester? Meine erste Liebe? Keine Ahnung. Ein Gefühl ist noch vorhanden, aber kein Name. Nur: Beni bleibt. Zwei Jahre musste ich mich im Büro mit Beni herumschlagen. Und jetzt noch dies. Beni. Seine Belanglosigkeit erlangt überhöhte Bedeutung.

Ich realisiere, wie meine Hand durch mein Haar fährt – wie von einem Phantom des Fremden dirigiert.

Mein Blick wendet sich wieder der Weite des Flugfeldes zu und fast meine ich am Rollfeldrand einen Kirschbaum zu erblicken, den Kirschbaum aus dem Garten meines Hauses am Ende der Strasse.

Verwirrt

«KANN ICH HELFEN?» Sec und doch sanft trifft mich die Stimme aus der Leere des Raums in meinem Rücken. Ich bin zurück im Jetzt.

Sehr unbeholfen muss ich mich ihr zugewandt haben, denn das Gesicht, in das ich hochblicke, spiegelt den erschreckten Ausdruck, wie ich mich fühle.

«Entschuldigung. Ich wollte niemanden erschrecken», meint sie. Sie. Eine Frau von undefinierbarem Alter, von unbeschreiblicher Schönheit steht vor mir. Gekleidet ganz in Weiss. Das Gesicht – ich zeige mich unfähig, in Worte zu fassen, was ich sehe, ich bin mir nicht einmal sicher, ob ich es wirklich sehe. Ich begreife, dass es ein Gesicht ist, verstehe seinen Ausdruck. Ich erkenne seine absolute Schönheit. Aber es zu beschreiben überfordert mich. Ist es seine Perfektion, die es mir verwehrt, es in die Unzulänglichkeit meiner Worte zu drücken? Ich frage mich nach dem Wert von Wirklichkeit, die nicht mit Worten auszudrücken ist. Diese Lücke in der Realität sollte mich beunruhigen – rational scheint mir dies logisch. Doch ich fühle eine grosse Ruhe. Sie. Mit ihrer Grösse und der alles überwältigenden stoischen Aura füllt sie den Raum.

«Entschuldigung, was war die Frage?», sage ich.

«Kann ich helfen?»

Ein unbemerkter Eintritt

Jetzt bemerke ich, was mich doch mehr beunruhigen sollte: Ich habe nicht gehört, wie sie die Lounge betreten hat. Hatte ich es nicht wahrgenommen oder war es nicht gewesen? Kein Klacken, das meine Nerven strapaziert hat.

«Wie sind Sie hier hereingekommen?», erkundige ich mich.

«Wie immer.» Ihre Antwort klingt klar – und bleibt ohne Bedeutung für mich.

«Wieso habe ich die Tür nicht gehört?», frage ich mehr in den Raum denn sie direkt.

Die Hostess scheint unser Gespräch zu ignorieren, genauso wie Eins und Drei noch immer mit sich selbst beschäftigt die Umwelt ausgeblendet zu haben scheinen.

«Noch einen Tequila …?», will die Unbekannte wissen.

«… Sunrise – gerne.»

Wir stellen uns an die Bar. Eigentlich bevorzuge ich einen Single Malt, rauchig, torfig, doch in Ermangelung eines Whiskys im Angebot, der meinem Anspruch auch nur ansatzweise zu genügen vermag, wähle ich einen Drink, der per se durch seine charakterlose Beliebigkeit überzeugt.

Sie bereitet mir den Drink zu. Dies scheint mir auf der einen Seite reichlich anmassend, da sie sich ungeniert selbst bedient, auf der anderen Seite scheint die Hostess sie bewusst zu ignorieren.

Ich versuche herauszufinden, was mich am Himmel irritiert, ist es nur mein Gefühl, die Erwartung des Unbeschreiblichen? Die Anspannung? Ich blicke auf die Uhr, wann würde endlich zum Boarding ausgerufen? Wieder kommt mir diese Vision in den Sinn. Würde ich jemals das Flugzeug betreten? Nickelbrille – habe ich keine. Ich blicke auf die Uhr, ich sehe die Uhr, doch die Zeit kann ich nicht erkennen, nur die Uhr, dass es sich um meine Uhr handelt. Ich sehe zwei Zeiger, vier Striche, meine Hand, aber den Zeigern vermag ich keine Bedeutung beizumessen.

Ein unschlüssiges Nicken

Mit einem wortlosen Lächeln stellt sie mir das Glas hin. Sogleich trinke ich einen Schluck. Meine Hirnzellen arbeiten eifrig. Ich spüre ihre Güte. Ihre Präsenz gibt mir ein allumfassendes Gefühl der Sicherheit. Erstaunlicherweise empfinde ich grosse Geborgenheit. Ich fühle mich mit mir, mit der Welt im Reinen. Ich scheine das Konkrete in der Welt allmählich zu verlieren. Ist sie – ein Engel? «Wer sind Sie?»

Noch bevor sie antwortet, stellt sie auch für sich einen Tequila Sunrise auf die Theke. «Cheers!»

Würde ein Engel Tequila trinken?, frage ich mich. Kann ein Engel erotisch sein?

«Willst du von mir einen Namen, den du dir doch nicht merken kannst?»

Ich nicke unschlüssig.

Ein passendes System

Sie blickt sich um, mustert die Anwesenden. «Nenn mich Vier. Schlicht Vier.» Sie lacht, nicht höhnisch, mehr herzlich.

Ich blicke sie ungläubig an.

«Manche Namen passen in jedes System», antwortet sie süffisant.

Vier passt. Wie konnte sie dies wissen? Konnte sie es wissen? Zufall? Schicksal? Was ist das? Ist sie real? Ist sie nur eine Fehlfunktion in meinem Kopf? «Hallo.» Ich versuche Aufmerksamkeit zu erregen. Ich blicke zu Eins, Drei, Zwei: «Hallo?» Keine Reaktion. Hören sie mich nicht oder ignorieren sie mich bewusst? Meine Hand zuckt nach oben, ich schaffe es gerade noch, meine Finger durch mein Haar zu ziehen, so dass die Bewegung einigermassen natürlich erscheint.

Vier scheint belustigt, was meine Beunruhigung weiter steigert.

«Hör auf, du machst dich lächerlich», meint Vier.

«Hallo, hey!» Ich blicke meinen Tequila an. Ich versuche abzuschätzen, der wievielte es ist. Ich blicke aus dem Fenster, suche Halt. Gewiss, meine Wartezeit dauert länger als geplant. Gewiss, mit der gewohnten Regelmässigkeit folgt ein Glas dem anderen. Doch bin ich bereits derart betrunken?

«Es ist eine Hilfe», meint sie.

Ungläubig blicke ich sie an.

«Wollen wir uns setzen?», fragt sie.

Ich nicke so langsam, dass ich mir selbst unsicher bin, ob ich nicke.

Sie führt mich zur Dreiergruppe, die unmittelbar hinter Eins und Drei steht, so dass wir direkt auf das Flugfeld sehen.

«Der Verlust des Konkreten ermöglicht den Blick auf das Wesentliche», sagt sie. «Wo bist du?»

Ich bin zugegebenermassen noch zu verwirrt, um in diesen Worten einen Sinn zu erkennen. «Ich warte auf meinen ersten Flug mit einem Jumbojet.» Ich kann ein gleichzeitiges Lächeln nicht unterdrücken.

«Ist dies der Sinn deines Seins?», fragt sie.

«Mein Sein ist beschränkt. Meine Lebenszeit neigt sich dem Ende zu, schneller als erhofft.»

Eine beruhigende Verunsicherung

Sie blickt mich an. Mitleidig. Den Trug in meinen Worten erkennend. Was will sie hören? Ihre Worte verunsichern mich nur noch – ihre Aura beruhigt mich zugleich, ein aufwühlender Widerspruch. Der unstimmige Himmel beängstigt mich. Meine Freiheit ist die absolute Unsicherheit. Ich wende mich um und finde nur die scheinbar leeren Hüllen von Eins und Drei. Die absolute Ignoranz mir gegenüber. Auch von Zwei. Oder ist es umgekehrt? Ignoriere ich sie? Was will ich noch von meinen Mitmenschen? Will ich wirklich nur noch fliegen, Tequila, Spass? Auch das verunsichert mich.

«Was zählt?»

«Objektiv?»

«Für dich.»

Was ist der Unterschied? Was ist mir wichtig? Ich überlege. Versuche, mich zu erinnern. Mein Leben. Was ist
meine Zeit auf dieser Welt wert? Was bin ich, was bleibt
von mir? Meine Familie? Ich versuche verzweifelt, eine
positive Antwort zu finden auf all diese unbestimmten
Fragen. Meine Familie. Wer ist das? Meine Mutter, mein
Vater, meine Schwester? Meine Kinder, meine Frau?
Was bin ich, was würde bleiben?

Ein einziges Persönliches

Meine Eltern sind tot. Ohne Kontakt zu mir hatten sie
ihre letzten Jahre gelebt. Ich weiss nicht, wie sie star-
ben, wie sie lebten, was von ihnen übrig bleiben sollte.
Nichts? Meine Geschwister sind weit weg, vor allem in
Gedanken. Eine Karte zu Weihnachten? Vielleicht. Ein
Geschenk? Weshalb? Ich kann ihnen doch das ganze
Jahr über etwas schenken. Ich brauche keine scheinheiligen Daten als Aufforderung. Doch wann tat ich es?
Nie. Eine Karte zum Geburtstag – wer weiss schon,
wann dieser ist? Ist keine Karte nicht besser als eine
unpersönliche, deren Versand meine Sekretärin orga-
nisiert und auf der das einzig Persönliche meine Unterschrift gewesen wäre. Genau wie auf einem Vertrag
zu einem beliebigen Geschäft – das Geschäft hiesse:
vergiss mich nicht!

Meine Kinder, meine Frau? Ich versuche, mich zu erinnern. An das Positive. Ich will es so sehr. Doch es bleibt die unendliche Leere. Wie konnten wir uns auseinanderleben? In ihr konnte kaum mehr ein Fünkchen von mir übrig geblieben sein. Wie auch! Wie konnte sie unsere perfekte Welt zum Schein verkommen lassen? Nichts.

Eine unhinterfragte Entwicklung

Nichts würde von mir übrig bleiben. Und der Gedanke wächst in mir, dass dies gut so wäre. Ein Leben endet. Meine Wahrheit verschwindet aus der Wirklichkeit. Deren Leere bedeutet Raum für Neues. Die Chance auf Besserung. Ich könnte mich selbst töten. Doch ich bin gegen Selbsttötung. Wie leichtfertig wir doch heute mit diesem Thema umgehen. Selbstbestimmung. Das Individuum über alles. Und wie leicht wir doch verkennen, wie wir Werte zerstören. Jeder selbst gewählte Tod kratzt an der Unantastbarkeit des Lebens. Ich bin überzeugt, der Tag wird kommen, an dem Selbstmord gesellschaftlich akzeptiert sein wird. Und niemand wird ihn kommen sehen. Der Tag, an dem Selbstmord nicht mehr eine Möglichkeit ist, sondern ein Muss. Ein Einzelfall wird zur Möglichkeit, eine Möglichkeit zum Normalfall, der Normalfall zur Pflicht. Die unhinterfragte Entwicklung unserer Werte. Geregelt. Das Individuum über alles. Wer will sich schon durch alte, kranke, langsame Menschen aufhalten lassen. Lebe das Leben, lebe dein Leben, jetzt. Jung vor alt, Individuum vor gemeinsamen Werten. Es bleibt mir auch nicht mehr als das Jetzt. Ich habe eben so viel wie alle auch. Niemals würde ich mich selbst töten. Ein weiterer Grund, sich fremd zu fühlen in dieser Welt. Meine Lücke wird niemand füllen. Meine Lücke wird niemand bemerken. Sie blickt mich an, nimmt einen Schluck Tequila Sunrise und zündet sich eine Zigarette an. Der Rauch umhüllt ihr Gesicht wie eine Aureole.

Wo bin ich? Bin ich schon tot? Ist sie ein Engel? Wenn das der Himmel ist, was haben Eins und Drei hier verloren? Sie träfe man wohl eher in der Hölle, zumindest in meiner. Doch trinkt man in der Hölle Tequila Sunrise? Wenn ja, wäre es wohl auch in der Hölle ganz so unangenehm nicht.

Wie merke ich, dass ich tot bin? Wie erkenne ich einen Ort, an dem ich nie zuvor war? Einzig durch das Unbekannte – doch genau dieses Unbestimmte fühle ich nun.

Eine mitreissende Frage

Die Unbeantwortbarkeit einer Frage löst in mir jeweils die nächste aus, immer schneller, immer intensiver, einem Schneeball gleich, der als Lawine einen ganzen Hang ins Tal reisst, verliere ich jede Gewissheit, bis ich selbst an der Bedeutung des Wortes Sicherheit zweifle. Mein Boden fehlt. Meine Erdung ist weg. Es macht mir Angst, ich fühle mich frei.

Sie: «Du machst dir zu viele Gedanken – und doch zu wenige.»

«Wie soll ich das verstehen? Ein Widerspruch in sich.»
«Ergründe die Unendlichkeit, die in einem Gedanken steckt», stellt sie klar.

Schnee, denke ich. Ich denke einfach Schnee. Alles überdeckende weisse Masse. Unendliches Weiss, ewige Reinheit. Ich will sterben. Ich will abschliessen. Die Hälfte des Weges habe ich zurückgelegt. Mein Arzt hat mir die Dauer der Reststrecke mitgeteilt. Vielleicht finde ich noch eine Abkürzung, einen Umweg, ein Verlaufen. Nein, ich will sterben. Und dann, Schnee. Schnee zum Sterben wäre schön. Schnee zur Beerdigung wäre friedlich. Kann man sich so etwas wünschen?

Eine unlogische Erklärung

Es beginnt zu schneien. Schneefall im September. Bizarr. Es ist September und der Schnee beginnt das herbstliche Abendrot zu verdrängen. Es ist die Erklärung für die Unwirklichkeit des Himmels. Ich zweifle an meiner Wahrnehmung. Wir sind nicht in den Bergen, sondern einfach auf dem Flughafen in ..., wo war ich? Träume ich? Das ist die logischste aller mir in den Sinn kommenden Erklärungen.

Ich stelle mir vor, wie der Flieger in Bälde abheben würde. Ich male mir aus, wie der Schub mich in meinen wunderbar bequemen Sessel drücken wird, während die Lichter des Flughafens am Fenster vorbeiziehen werden. Ich spüre in mir die grenzenlose Ruhe, die mich in diesem Augenblick erfassen wird. Doch noch ist meine Wirklichkeit hier in der Lounge.

Vier blickt, als ob sie jeden meiner Gedanken mitverfolgt hätte. Oder hatte ich gar gesprochen? Ich versuche, mit der Zunge meine Zähne zu spüren, drücke die Innenseite meiner Wangen gegen aussen. Es funktioniert. Ich spüre. Ich fühle meinen Körper. Also kann ich nicht gesprochen haben, denn ich habe es nicht gefühlt. Ich zähle meine Finger – es funktioniert: Ich träume nicht. Oder habe ich nur nicht gefühlt, wie ich nicht gesprochen habe, weil ich mich selbst täuschte, weil ich gesprochen habe, es aber nicht selbst sein wollte, und noch bevor ich diesen Gedanken zu Ende gedacht habe, weiss ich nicht mehr, ob ich nicht doch am Sprechen bin, und erneut tastet meine Zunge meinen ganzen Innenmund ab, und doch, ich bin verwirrt, ich bleibe verwirrt. Sind dies die richtigen Fragen?

Ein banales Interesse

«Möchtest du eine Zigarette?», ignoriert sie meine unausgesprochene Frage.

Dankend nehme ich an. Ich stecke mir die weisse extralange Zigarette zwischen die Zähne, nicht ohne zuvor noch einen Schluck Tequila Sunrise genossen zu haben. «Bin ich tot?»

«Wenn du tot wärst, wo wärst du denn dann? Was wäre ich dann?»

«Himmel, Hölle, was weiss ich? Im Paradies, ein Engel?»

«Meinst du ernsthaft, im Transzendenten wären diese banalen Genüsse überhaupt noch von Interesse? Wozu brauchst du Volumenprozente, wenn dir die Masse fehlt? Wozu brauchst du Rauch, wenn dich kein Bedürfnis nach Sauerstoff zum Atmen drängt? Wozu brauchst du Farben, wenn die Welt alle Farben hat?»

Ich blicke in den leuchtenden Abendhimmel, ich bewundere die Heckflosse des Jumbojets, ich beobachte, wie alles hinter einem weissen Vorhang zu verschwinden droht. In Bälde wäre alles weiss. Rein. Unschuldig.

Eine ungerechte Frage

«Weshalb musst du sterben?», will Vier wissen.

«Ich bin krank.»

«Wieso bist du krank?»

«Weil, tja, wieso eigentlich? Weil das Leben ungerecht ist.»

«So einfach?»

«Das war's.»

«Was war ungerecht? Der gestrige Abend? Das Verhalten deiner Frau oder deines? Dein Reichtum? Deine Privilegien?»

«Mein Sterben.»

«Bist du nicht schon lange gestorben?»

Das rhetorische Moment dieser Frage nervt mich.

«Was verlierst du, wenn du morgen stirbst?»

Ich überlege. «Wenn ich morgen sterbe, durfte ich zumindest einen Flug mit einem Jumbo erlebt haben.»

Sie lacht. «Das ist das Einzige, was du verlierst, wenn du heute stirbst.»

«Das Letzte, was mir wirklich von Bedeutung war, habe

ich gestern Abend verloren.»

«Hast du oder deine Frau verloren?»

«Beide.»

«Und wessen Verantwortlichkeit ist es?»

«Ihre.»

«Werden das die andern auch so sehen?»

Ich muss tief einatmen. Die Luft drückt meinen Brust-korb gegen aussen, bis er zu schmerzen beginnt. Ich kann noch nicht tot sein. Ich fühle, es schmerzt, ich lebe. Ich musste leben, doch kein Grund zur Freude.

«Ich weiss nicht, was die anderen sehen werden.»

«Doch.»

Eine verdammte Scheinheiligkeit

Scheinheilig. Da ist sie wieder, diese verdammte Schein-heiligkeit. Wie die sich schliessende Tür. Ein «Doch». Ein Einsilbenwort entlarvt mich. Wie ein Dolch. Doch. «Ja, ich weiss», schreie ich ihr ins Gesicht. «Ja, ja, ja.» Sie hat mit jeder einzelnen Silbe recht. Mit der einzi-gen Silbe. Mehr recht, als ich mir wohl je zugestanden hätte. Und meine Lautstärke ist nur der Beweis. Als wollte ich mich ein letztes Mal überzeugen. Ich breche in Tränen aus. Ich weine die Tränen, die ich meinte, nie weinen zu müssen. Die Tränen, vor denen mich mein Tod hätte bewahren sollen. Doch sie sind schneller. Der Tod muss warten.

Vier blickt mich nur an. Still sitzt sie da in ihrem Desi-gnersessel. Ihre Haltung ist der Gegensatz zu meiner. Existenz zu Nichtexistenz.

Habe ich wirklich geschrien? Ausser meinem Gegenüber schien es niemand realisiert zu haben. Es könnte auch die Wand der Diskretion sein, die diesen Eindruck erweckt.

«Was ist in dem Umschlag?», will Vier wissen.

Einen kurzen Moment brauche ich, um zu realisieren, welchen Umschlag sie meint. Ich drehe mich um. Noch immer liegt er bei Eins auf dem Tisch.

«Familienfotos?»

«In gewisser Weise.»

Ich nehme einen Schluck. Alkohol beruhigt mich für gewöhnlich. Doch jetzt?

Ein verzweifelter Blick

«Meine Frau ist tot. Ist sie das? Ich versuche mich zu erinnern. Krampfhaft suche ich in der Vergangenheit. Für mich ist meine Frau seit diesem Tag gestorben, als … Dass wir Probleme hatten, okay, zugegeben, es war nicht alles, wie es hätte sein können, oder sollen. Doch wieso musste sie unsere beiden Söhne mit in diesen Strudel ziehen? Mir meine Frau mit einem anderen Mann vorzustellen, tat weh. Meine Söhne mit einem anderen Vater zu denken, war nicht zu ertragen. Nicht für mich. Weshalb? Die brennende Frage ohne Antwort dirigiert mein Denken. Weshalb konnte sie nicht uns zwei eine Lösung finden lassen? Warum in erster Linie war sie nicht in der Lage, meine Absichten zu erkennen?» Fast schon verzweifelt muss ich Vier angeschaut haben. «Kennst du das Gefühl, zu wollen, aber nicht zu können? Oder schlimmer noch, zu wollen, meinen zu können – und doch zu versagen?»

Sie blickt mich irgendwie komisch an. Verunsichert? Mitleidig? «Alles klar?», fragt sie. «So war's doch besprochen?»

Ich bin überrascht, verwirrt, kehre haltsuchend zu meiner bewährten Taktik zurück: Bejahen, um keine weiteren Fragen zu provozieren, die ich nicht beantworten könnte.

Eine glänzende Stirn

Bevor ich weiterfahren kann, unterbricht sie mich. Sie erhebt sich: «Wir sehen uns gleich.»

In diesem Moment klackt die Tür. Noch nerve ich mich. Mehr zur Bestätigung meiner Ruhe drehe ich mich um und erkenne zu meinem Entsetzen zwei Polizisten, die an die Bar treten. Unverzüglich glänzt meine Stirn vor Schweiss. Ich drehe mich zurück, versuche, abwesend zum Fenster hinauszublicken und mit meinen Ohren das Geschehen hinter mir zu verfolgen. Vater unser im Himmel. Die beiden Uniformierten sprechen in gedämpfter Lautstärke mit Zwei. Ihre Antwort muss sehr leise ausgefallen sein, da ich sie nicht hören kann. Mein Pulsschlag hat sich auf einem hohen Niveau stabilisiert. Ich wische mir mit dem Taschentuch vergeblich die Stirn trocken. Ich versuche erneut zu beten. Für mein Wohl. Wie egoistisch, denke ich. Vater unser. Es ist absurd. Ich wünsche mir, meine ganze Vergangenheit zu vergessen. Ein leerer Geist müsste mir zu einem reinen Gewissen verhelfen. Ich könnte von vorne anfangen. Beten. Meinen Frieden finden.

Es ist still. Ich höre Schritte, leise, aber bestimmt. Erneut höre ich, wie die Tür geöffnet wird. Ich wage nicht, mich umzudrehen. Mein Herz schlägt jetzt noch schneller. Erneut wische ich mir den Schweiss von der Stirn.

Ein beruhigendes Verschwinden

Das Klacken der Tür beunruhigt mich mehr, als dass es mich nervt. Dann ist es still. Keine Schritte. Keine Worte.

Noch traue ich mich nicht, meinen Blick zur Tür zu wenden. Stehen die Beamten wohl direkt hinter mir und warten auf eine verdächtige Bewegung? Ich hoffe, dass mein Körper sich nicht ausgerechnet jetzt in einem unkontrollierten Muskelzucken entlädt. Schliesslich halte ich es nicht mehr aus und wende meinen Kopf.

Nichts. Niemand. Die Polizisten sind weg. Zwei ist weg.

Ich verstehe nichts. Mein Puls verlangsamt sich.

Ich sehe Eins, ich sehe Drei. Sie blicken mich etwas ungläubig an. Ich hebe die Schultern. Eine grosse Erleichterung überwältigt mich.

Ich blicke Eins an, dann Drei. Wir wissen nicht, was sagen. Ich weiss nicht, was denken.

«Keine Ahnung, was war», meint Eins. «Die Beamten kamen und haben die Hostess gleich mitgenommen.

Sie schien, gelinde gesagt, schockiert. Die Worte der Beamten mussten sie vollkommen aus der Fassung gebracht haben.»

Eins erhebt sich, geht zur Bar und bringt mir unaufgefordert einen Whisky. «Gönnen wir uns einen Whisky.» Worte kennen viele Bedeutungen. Ein Blend, anspruchslos, austauschbar – und für mich nicht das, was ich unter einem Whisky verstehe. Ich trinke nur Single Malt. Weshalb nicht eine industriell gefertigte Limonade oder Wasser? Ha. Wer trinkt schon Wasser? Flüssigkeit ohne Gehalt, ohne Genuss, jeder Schluck eine verschwendete Schluckbewegung: Das ist Wasser. Wasser ist für Weichlinge, für Männer ohne Eier … Ich frage mich, weshalb mich der Gedanke an Wasser enerviert. Ich nehme einen Schluck dieses Nicht-Whiskys.

Eins hält es nicht aus. Zwei Schluck und er steht auf, murmelt etwas Unverständliches von «mal nachfragen». Ich will nur endlich meinen Sitz in diesem wundervollen Flugzeug einnehmen und dieser Tristesse von Winterlandschaft im Herbst entfliegen.

Ich habe noch kaum zu Ende gedacht, da spüre ich schon die Hand von Vier auf meiner Schulter.

Ein separates Universum

«Zurück?» Ich muss mich nicht einmal umdrehen, um zu wissen, dass sie es ist. Dieses Mal meine ich, einen abschätzigen Blick von Drei in Richtung Vier zu sehen. Nur für den Bruchteil einer Sekunde. Dann scheint es erneut, als ob die beiden Welten getrennt seien. Wie in einer Glaskugel scheinen Vier und ich in einem Universum nur für uns. Eins verlässt den Raum. Wenig später erhebt sich Drei und folgt ihm.

«Und, schon näher am Tod?», fragt Vier mit spöttisch hochgezogener Augenbraue.

Ich bin irritiert. Kann ein Engel spotten? Habe ich die Frage falsch verstanden? Aus Sicht eines Engels muss der Tod eine Erlösung sein, also doch keine hämische Frage. Doch ein Engel? Für mich wäre der Tod auch eine Erlösung. Nach dem geistigen Scheitern nun auch das körperliche. Einfach noch ein letzter Wunsch. Einmal mit diesem Flugzeug fliegen, dann darf ich gehen. Dann solle der Tod möglichst bald kommen.

«Was willst du noch in dieser Welt? Du hattest deine Chancen. Hast du sie genutzt?»

«Ein Generalversagen lasse ich mir nicht attestieren.»

«Was hast du erreicht, was bleibt?»

«Nur weil ich nicht konnte, heisst das nicht, dass ich nicht wollte. Und ist es nicht am Ende die Absicht, die zählt, Gutes zu tun?»

Ein wunder Punkt

«Die Absicht.» Ein Lachen ist auf ihrem unerkennbaren Gesicht zu spüren. «Würden wir die Welt nach den Absichten bewerten, so wäre sie perfekt. Wer würde schon das Schlechte wollen? Selbstkritik wäre angebracht. Hat, wer das Gute will und doch stets das Schlechte erreicht, wohl nicht eher das Gute zu wenig angestrebt?»

«Nonsens», meine ich. Ich stehe auf. Ich bin genervt. Ich bin – blossgestellt. Genau. Sie trifft meinen wunden Punkt. Sie trifft ihn und bohrt wie wild darin herum. Als ich heute Morgen mein Haus verliess, kam mir dieser Gedanke unweigerlich. Ich betrachtete die Bilder an der Wand, den Fernseher, den Kalender, das Blatt Papier mit dem unverkennbaren Abdruck. Der Gedanke. Eigentlich kam er bereits am Abend zuvor. Als wieder Stille eingekehrt war. Meine Frau war verstummt. Der wilde Streit war zu Ende. Und da erblickte ich, was ich hätte erreichen können und doch so fahrlässig verspielt hatte. Glück zu haben ist das eine, es zu erkennen ein vielfach Schwierigeres. Ich hatte es erreicht, nur erkannte ich es nicht. So habe ich alles verloren. Und Vier zeigt es mir. Das Leben ist ein ewiges Scheitern, dessen war ich mir bewusst. Das alltägliche kleine Scheitern, unbarmherzig gefolgt vom Sich-wieder-Aufrappeln. Das Scheitern jeden Tag, damit konnte ich umgehen. Wer nicht in jeder seiner Handlungen ein klein wenig scheitert, hat nicht das Optimale, das Perfekte anvisiert. Nur war ich hier so kolossal gescheitert, dass ich das Perfekte, das Ziel verleugnet habe – und Vier zeigt mir dies auf. Sie drückt ihren Finger, ihre ganze Hand in meine Wunde. Unbarmherzig. Kann ein Engel unbarmherzig sein?

Ein unbezweifelter Anfang
Fairness ist unbarmherzig. Ich sollte endlich klären, wer sie überhaupt ist.

«Wer bist du.» Ich drehe mich um und richte die Worte an die Stelle, wo ihr Gesicht sein muss. «Sag mir, wer du bist.»

«Traust du mir?»

«Wie kann ich dir trauen, wenn ich nicht weiss, wer du bist?»

«Wie willst du wissen, wer ich bin, wenn nur ich dir sagen kann, wer ich bin?»

Mein Gott, schreie ich innerlich. Diese Worte. Worte, Worte, Worte! Nichts als leere Worte.

«Jedes Wissen beginnt am selben Punkt: Glaube!»

«Glaube ist doch gerade das Gegenteil von Wissen.»

«Wissen ohne Glauben ist leer. An jede Basis des Wissens kannst du immer nur glauben. Sei es ein religiöser Glaube, sei es ein naturwissenschaftlicher Glaube. Am Anfang steht der Glaube. Meinen Worten kannst du nur glauben. Erst wenn du ihnen glauben kannst, kannst du wissen, wer ich bin.»

Eine wohlige Unwissenheit

«Vergiss es. Ich habe mich mit meiner Unwissenheit abgefunden. Es entbehrt nicht einer gewissen Ironie. Die akzeptierte Unwissenheit verleiht die wohlige Gewissheit, welche das Wissen nicht zu vermitteln vermag.» Ich mache eine Pause. Eine lange Pause. Dann füge ich an: «Was willst du eigentlich von mir?»

Sie blickt mich überrascht an. «Dich begleiten, das weisst du doch? Schliesslich sind wir zusammen gekommen. Wir haben hier zusammen den ersten Tequila

Sunrise getrunken. Du hast mein Ticket.»

Der Abdruck auf dem zweiten Sessel, das zweite leere Glas, ich ertaste meine Jacketttasche und ziehe zwei Tickets hervor.

Die Antworten kommen überzeugend logisch. Als Fragender fühle ich mich schachmatt. Ich blicke noch einen Moment durch das Fenster in das Schneetreiben, suche das Flugzeug zu erkennen und bemühe mich doch bloss, meine Gedanken zu ordnen. Als ich mich schliesslich wieder meiner Sitzgruppe zuwende, ist Vier weg. Das wiederum überrascht mich kaum und ist genauso logisch.

Misstrauisch

«RATEN SIE?» Eins ist wieder da.

«Was raten? Wissen Sie, was die Beamten wollten? Was wollten sie von Tatjana?», frage ich.

«Tat … wer?» Eins ist überrascht. Ich bin überrascht. Ich bemerke, wie unüberlegt meine Äusserung war, wie unpassend, die Hostess mit Vornamen zu nennen, wie ungewöhnlich, dass ich mich dessen überhaupt erinnern kann, dass ich diesen überhaupt kenne. «Die Hostess, ich habe gehört, wie sie so genannt wurde.» Ich bin mir bewusst, dass keine Antwort glaubwürdig gewesen wäre – kaum die Wahrheit. Einziger Zweck der Antwort war, die unbequeme Stille auszufüllen und die Konversation weiterfliessen zu lassen.

Ich habe nicht gehört, wie er den Raum betreten hat. Das beunruhigt mich mehr, als ich überrascht bin.

Eine betörende Beliebigkeit
Auch Drei ist zurück und hat sich wieder zu uns gesetzt. «Ich habe versucht herauszufinden, was los …»

«Eine grosse Qualität meiner Verlobten ist», unterbricht Eins die Genannte, «dass sie so unscheinbar wirken kann, dass niemand realisiert, wann er was mit ihr spricht. Sie kann ein Gespräch, unabhängig von dessen Inhalt, in einem Gefühl der Beliebigkeit ertränken. Niemand realisiert, was er ihr wirklich erzählt, welche Geheimnisse er ihr preisgibt.»

Unscheinbar ist sie unbestreitbar, denke ich. Zugleich beunruhigt mich die Frage, ob ich ihr auch Vertrauliches erzählt haben könnte.

Drei fährt fort: «Offenbar wurde ihr Mann, Benoît, verhaftet. Er wird beschuldigt, einen Mord begangen zu haben.»

«Ich bin oft auf dem Flughafen und kenne den Sicherheitschef», prahlt Eins.

«Einen Mehrfachmord, wenn ich es richtig verstanden habe», meint Drei. «Er bestreitet es, natürlich, sieht xenophobe Motive. Als Ausländer, als Kanadier, sei er vorverurteilt. Die Unglückliche gab sich völlig überrascht. Was auch sonst? Ob die Polizei sie zum Verhör oder zur Betreuung mitgenommen hat, entzieht sich meiner Kenntnis.»

Ein komplizierter Zweifel

Eins frohlockt. Stolz darüber, was seine Verlobte herausgefunden hat, würde er wohl am liebsten wie ein Pinguin klatschen.

Ich muss unweigerlich an die bedauernswerte Tatjana denken. Dies ist wohl das Einzige, dessen ich mir sicher bin: dass sie zu bedauern ist. Ist ihr Mann ein Mörder? Wie muss sie sich fühlen, mit so einem Mann verheiratet zu sein, das Bett, den Alltag geteilt zu haben? Geschweige denn die Möglichkeit, selbst in Gefahr gewesen zu sein. Was wäre, wenn er unschuldig beschuldigt würde? Ich stelle sie mir vor, wie sie noch immer hinter der Bar steht. Wie sollte sie zu ihm halten? Oder wusste sie vielleicht sogar alles? War sie eingeweiht, Komplizin, Drahtzieherin? Und wenn nicht, wie konnte sie je wieder sicher sein, sicher sein, dass in ihr selbst nicht ständig ein kleiner Zweifel nagen würde, der jetzt schon nagt? Würde er jemals enden? Wo würde sie Halt finden, Antworten bekommen, auf einen sicheren Punkt in diesem undurchsichtigen Nebel treffen? Was sollte sie überhaupt denken? Ansatzweise kann ich mit ihr mitfühlen, hat doch auch meine Frau mein Vertrauen missbraucht.

Ein helles Licht

Drei will ganz offensichtlich ebenfalls etwas sagen. Doch ihr Verlobter scheint ihr soeben das Recht zur Rede entzogen zu haben. Diese Ordnung scheint wieder hergestellt. Die Rolle von Drei als Kriminalreporterin scheint beendet. Eins blickt Drei an – und umgekehrt. Beide sind mit sich beschäftigt, wortlos die Hierarchie zu bestätigen. Ich nutze die Gunst der Pause und wende mich von ihnen ab. Endlich bin ich für mich alleine. Ich habe Raum für meine Gedanken, meine Erinnerungen oder was ich davon noch abrufen kann.

Ich erinnere mich an diesen Morgen, den Tag, der mein Leben veränderte, das helle Licht, den Duft des Todes: Montagmorgen. Dieser eine Montag. Eine feine kleine Nachricht, und mein Leben geriet aus den Fugen.

Eine finale Lösung

Die Sonne schien. Der Arzt war klar mit seinem ersten Wort. Ein Routinecheck verkam zur finalen Lösung. Die langatmige Einleitung schien er mehr zu brauchen denn ich. Der Botschafter entschuldigte sich für seine Botschaft: Chorea Huntington. Ein Name. Die Frage nach meiner Familie. Nein, ich kenne niemanden mit diesem Namen. Die Erkenntnis. Es ist der Name einer Krankheit. Unheilbar, erblich. Ob noch jemand in meiner Familie daran leiden würde. Was sollte ich schon wissen? Ich hatte keinen Kontakt. Niemand würde mich informieren, geschweige denn seine Not bei mir klagen. Meine Mutter war krank gewesen. So krank, dass sie ihre Krankheit zu Tode ignorierte. Und ich ignorierte sie weiter. Chorea Huntington. Meine Symptome passten, ihre Symptome auch: Bewegungsstörungen, Antriebslosigkeit, Erinnerungsstörungen. Depressionen habe ich allerdings noch keine und auch keine Wahnvorstellungen, nicht damals und nicht heute. Aber das ewige Zucken. Endlich hatte ich die Erklärung. Zumindest eine Möglichkeit. Zu hundert Prozent sicher war sich der Arzt nicht bei seiner Diagnose. Doch es schien ihm die plausibelste Erklärung meiner Symptome. Die Entscheidung überliess er mir. Sollte ich der Diagnose glauben, wissen würde ich es nicht. Der Arzt fuhr fort: «Ich gebe ihnen noch sechs bis acht Monate zu leben.» Der Gott in Weiss. Er gibt mir das Leben. Er meint, es nehmen zu können. Und irgendwie hatte er recht, mehr als er sich bewusst war. Die finale Erkenntnis der Absehbarkeit entledigte mich jeglichen Verantwortungsgefühls. Freiheit. Leben. Und gleichzeitig der finale Check-in. Die letzte Habe ablegen, anstehen zum Sterben. Dead man walking.

Eine schief hängende Familie

Viele sind verschwommen, doch einige Details sind mir geblieben von diesem Montagmorgen. Ich erinnere mich an den Mitgefühl simulierenden, eingeübten Blick des Arztes, das schief hängende Foto einer Familie hinter der Tür zum Beratungszimmer, der typische Duft der alten Dame neben mir im Wartesaal; der Rest ist Leere. Weg. Unbedeutend. Ich merke, dass meine Erinnerung nachlässt – oder dass ich aktiv verdränge. Es befreit. Je weniger Erinnerung, desto freier lebt es sich. Der Umgang mit Menschen wird etwas komplizierter, doch die Beziehung zu Menschen einfacher. Es zählt einzig das Wesentliche.

Nach dem Arzttermin fühlte ich mich verwirrt. Befreit und beschämt zugleich. Das körperliche Versagen war mir peinlich, das absehbare Ende entledigte bedrückende Zukunftssorgen. Keine Frage nach Vorsorgegeldern, nach Altersleiden, nach all dem Unschönen des Älterwerdens. Ich werde mein Leben bis zum Ende geniessen, beschloss ich. Und doch bedrückte mich die Unfähigkeit, meinen Körper zu bezwingen, ausgeliefert zu sein der materialistischen Realität.

Ein unerwartetes Mitleid

Ich musste nach Hause. Ich brauchte meine Gedankenkraft für einen neuen Lebensentwurf, nicht für neue Bankgeschäfte. Nach dem anfänglichen Erstarrtsein wollte ich nur nach Hause. Allein sein. Meine Frau war bei der Arbeit, ich hatte das ganze Haus für mich. Unsere Kinder waren in einem Lager. Ein Haus, ganz still, keine Fragen, nur Stille, für mich, nachdenken. Ich musste nur den obsessiven Beobachtungsblick unserer lieben Nachbarin passieren – was mit einem freundlichen oberflächlichen Lächeln möglich sein sollte, ohne dass sie, wie all die Tage und Jahre zuvor, mein Innerstes hätte erahnen können. Doch als ich an ihr höflich lächelnd vorbeiging, traf mich ein unerwarteter Blick. Mitleidig, hatte ich interpretiert. Doch was konnte sie von meiner Krankheit wissen?

Ich öffnete Momente später meine Haustür und trat ein. Doch ich war nicht zu Hause. Es war seltsam. Es fühlte sich nach Leben an, wo doch Verlassenheit dominieren sollte. Ich trat in die Küche, und die Kaffeemaschine war noch heiss. Ich legte meinen Hausschlüssel, meine Büroschlüssel der Bank – den ich gemäss interner Weisung separat und ohne Namen- oder Firmenangabe trug – sowie meine Brieftasche mit meinem Geld und dem Familienfoto auf den Küchentisch und rief nach meiner Frau. Langsam stieg ich die Treppe in den ersten Stock hoch, als ich das Rauschen der Dusche hörte. Die fünfte Stufe knarrte, wie immer. Das Geländer wackelte genauso gewohnt. Ich fühlte mich wie in einem Hotel, in dem ich Stammgast war. Alles war bekannt und doch anders als beim letzten Besuch. Ich war fremd, auch wenn mir das Haus vertraut sein sollte.

Eine unerwartete Zärtlichkeit

Ich stiess die Tür auf und fand meine Frau unter der Dusche, sehr offensichtlich erschrocken ob meines Erscheinens. Sie müsse erst später arbeiten gehen, erklärte sie, eine unverhoffte Terminkollision, deswegen sei sie noch zu Hause und sei natürlich erschrocken ob meiner Anwesenheit, was ich nachvollziehen konnte. Schliesslich sass ich für gewöhnlich um diese Zeit in meinem imposanten Büro. Doch sie hatte sich schnell gefangen. Sie bat mich, ihr das Badetuch zu reichen, und als ich es ihr in die Dusche hielt, umarmte sie mich zärtlich und zog mich unter die Brause. Es war Jahre her, dass mich Jessica mit dieser körperlichen Lust überwältigte. Es schien, als wolle sie mich nicht mehr loslassen. Es fühlte sich gut an. Und trotz der körperlichen Nähe blieb sie irgendwie unwirklich distanziert.

Ich hatte keine Lust, ihr nach diesem Moment der Leidenschaft meine Hiobsbotschaft mitzuteilen. Sie ging zur Arbeit, ohne dass sie mich gefragt hätte, weshalb ich schon zu Hause war. Ich setzte mich in unser Wohnzimmer, in meinen Sessel, legte eine Mozart-Schallplatte auf und platzierte mich so, dass ich meinen Blick in unserem Garten versenken konnte. Die Tulpen drückten gegen die Sonne. Das Leben strahlte. Die kurze Klinge des Wakizashis glänzte im Sonnenlicht. Und ich fragte mich, wie es sich anfühlt, das Schwert in Fleisch zu stossen: Dieses japanische Schwert wurde traditionell von den Samurai für den rituellen Selbstmord verwendet.

Mozarts Klavierkonzert Nr. 21 in C-Dur erfüllte den Raum. Mein Lieblingsstück. Mein Blick folgte der Meise vor dem Fenster, die auf der Suche nach etwas essbarem durch den Garten hüpfte. Die Sonne schien durch die noch jungen Blätter des Kirschbaums.

Ich war fremd. Fremd in diesem Leben, in diesem, in meinem Haus.

Eine unentwickelte Filmrolle

Ich liess meine Hände neben meinem Sessel auf den Boden fallen und der Ringfinger meiner linken Hand blieb dabei an etwas Hartem hängen. Es waren meine Schlüssel der Bank. Die Schlüssel, die ich zuvor auf den Küchentisch zu legen gemeint hatte. Weshalb hatte Jessica diese neben meinen Sessel gelegt? Und neben dem Schlüssel lag eine kleine schwarze Filmrolle, offenbar benutzt, aber noch nicht entwickelt.

Ich nahm beides und legte sie zurück in die Küche. Ich fragte mich, ob Leopold dafür verantwortlich wäre. Unsere Katze liebte es, Dinge zu packen, herumzureissen und irgendwo im Raum liegen zu lassen. Doch normalerweise war sie tagsüber ausser Hause. Wahrscheinlich schlafend. Auf jeden Fall unauffindbar.

Und fünf Minuten später setzte sich ein Verdacht wie ein kleines Samenkorn in meinen Kopf und begann zu wachsen. Ausgelöst durch eine halbvolle Tasse Kaffee. Ich war mir sicher, dass ich am Morgen meinen Kaffee leergetrunken hatte. Dass ich die Tasse weggeräumt hatte, wie jeden Morgen zuvor. Und Jessica trank keinen Kaffee.

Ein unmöglicher Beweis

Ich blieb wie angewurzelt stehen. Leopold war aus dem Schneider. Meine Gedanken drehten sich immer um dieselbe Frage. Hatte Jessica, oder hatte sie nicht? Und mit dem Moment des Zweifels war es mir nicht mehr möglich, den Zweifel zu beseitigen. Was würden die Fotos erzählen? Ich stellte mir vor, was auf den Fotos zu sehen sein würde. Es hätte irgendjemand sein können. Ich suchte mir mögliche Erklärungen und erreichte doch immer nur eines: Zweifel. Ich lief durch das Haus, um eine Möglichkeit zu finden, den verdammten Zweifel aus der Welt zu schaffen, und doch suchte ich wohl nur einen Beleg, der meinen Verdacht bestätigt hätte. Das Heimtückische an diesem Zweifel ist, dass es keinen Beweis gibt, ihn aus der Welt zu schaffen. Er lässt sich nur durch Vertrauen beseitigen. Ich hätte glauben müssen. Beweise gibt es nur solche, die den Verdacht bestätigen.

Ein verdammter Zweifel

Ich lief durch das Haus und wusste nicht genau, wonach ich suchte. Ich überlegte, ob noch jemand im Haus war, als ich nach Hause kam. Weshalb zog mich Jessica unter die Dusche? Nie zuvor hatte sie dies getan. Wollte sie jemandem Zeit verschaffen, das Haus zu verlassen? Ich suchte und fand platte Indizien. Ich ging ins Badezimmer und stellte fest, dass der WC-Deckel oben stand – und konnte mich nicht daran erinnern, dass ich das gewesen wäre. Meine Frau würde ihn wohl kaum oben lassen. Ich ging in unser Schlafzimmer. Auf dem Bett waren noch die Abdrücke zweier Körper zu sehen. Ich versuchte mich daran zu erinnern, wie ich heute Morgen das Bett verlassen hatte. War der zweite Abdruck der meine, oder missbrauchte jemand mein Ehebett? Mir wurde schwarz vor Augen ob dieses verdammten Gedankens. Mein Arm schlug aus, mein rechter Fuss tappte wild. Die Diagnose musste wohl korrekt sein. Doch meine Gedanken waren woanders. Ich versuchte verzweifelt, mein Vertrauen in Jessica zu bewahren. Ich wusste, dass mein ganzes Leben auf dem Spiel stand. Alles, woran ich jemals geglaubt hatte. Ich wusste auch, dass ich Jessica nie fragen konnte. Das verdammte Paradoxon der Vertrauensfrage. Würde ich ihr die Frage stellen gab es logisch nur drei mögliche Antworten. Die einzig klare: Sie gestand. Schwieriger würde es, wenn sie verneinte. Wäre es wahr, dass sie mich hintergangen hatte, so würde sie mich nur weiter hintergehen und verneinen. Wäre sie mir hingegen treu, so würde sie ebenfalls, allerdings ehrlich, verneinen. Nur würde ich bei ihr alleine mit meiner Frage Zweifel auslösen. Weshalb hätte ich sie dies fragen sollen? Das heisst, wenn sie mich nicht betrogen hat, wäre ich es, der unsere Beziehung zerstören würde, indem ich ihr gegenüber mein Misstrauen kundtäte.

Eine unbequeme Frage

So sass ich abends bei Tisch, blickte meine Frau an und wusste nicht mehr, was wahr war. Nicht einmal Leopold, der mit einem Schuh in der Schnauze unschuldig vorbeihuschte, konnte mir das wohlige Gefühl des vertrauten Zuhauses vermitteln. Der Zweifel wurde absolut. Hatten meine Söhne wirklich meine Augen, meine Nase? Waren es meine Söhne? Waren diese blonden Haare wirklich von mir, war das möglich? In Gedanken suchte ich nach dem Beweis, von dem ich genau wusste, dass er nicht zu finden war. Ich stellte mir jede ihrer Bewegungen vor und im ersten Moment fühlte ich mich versichert, nur um mich im zweiten Moment wieder durch Zweifel verzweifelt zu fühlen.

«Wie war es beim Arzt?», wollte Jessica auf einmal wissen. Ich wusste nicht, was ich antworten sollte. Auf einmal hatte ich das Gefühl, mit einer völlig fremden Person am Tisch zu sitzen. Was sollte ich ihr von meiner Krankheit erzählen? Was wollte ich ihr anvertrauen? Nie hatte sie mich verstanden, und ich sie auch nicht, davon war ich damals überzeugt. Wie hätte ich ihr die Bedeutung der Krankheit für mein Leben verständlich machen können? Sollte sie überhaupt ein ehrliches Interesse an meinem Wohlbefinden haben? Käme es ihr eventuell gar gelegen, wenn ich eine tödliche Krankheit hätte?

Die Krankheit war nebensächlich, der Zweifel dominant.

Das Essen verging, der Abend verfloss, eine schlaflose Nacht folgte. Am nächsten Morgen wuchs mein Zweifel zu einem alles einnehmenden grauen Gefühl. Meine Realität hatte jede Farbe verloren.

Als ich nach einem Tag Abwesenheit wieder ins Büro wollte, konnte ich nicht. Ich konnte mein Büro nicht betreten, weil sich die Tür mit meinem Schlüssel nicht öffnen liess. Der Sicherheitsdienst kam, öffnete meine Tür und nahm mir die Schlüssel ab. Gegen Mittag erschien ein Angestellter des Sicherheitsdienstes und händigte mir die Schlüssel wieder aus. «So, jetzt haben sie ihre Schlüssel wieder», sprach er, mit einer sehr langen Betonung auf dem «ihre».

Ein implizites Risiko

«Was war das Problem», erkundigte ich mich?

«Sie hatten nicht ihre Schlüssel», erhielt ich als Antwort.

«Wessen Schlüssel hatte ich denn dann», wollte ich wissen.

Das, meinte er mit betonter Wertigkeit, könne er mir leider nicht sagen. Und ich realisierte, wie er mir damit andeutete, dass ich ein Sicherheitsrisiko für die

Bank sein könnte und entsprechend überwacht werden müsste. Ich fühlte vor allem ein verdammtes grosses Sicherheitsrisiko für mein Leben. Wie konnte ich den Schlüssel vertauscht haben? Und vor allem mit wem? Als ich so in Gedanken sinnierte betrat Beni mein Büro, sichtlich aufgebracht. «Diese Gestapo-Mentalität», verkündete er. Ich blickte ihn nur müde an, dachte: auch der noch. Wieso jetzt, wieso er? Er liess sich nicht stoppen. In Gedanken erschoss ich ihn, wie es die Gestapo nicht besser gekonnt hätte. Ich wollte allein sein, für mich, meine Gedanken sollten den Raum füllen, doch er war schon gefüllt mit Benis Geschwafel. Sofort. Mit seinem Auftritt. Ab und an musste ich Beni als Blitzableiter dienen. Ich nehme an, dass ich ihm, wenn er niemanden anderen fand, als letzter Sorgenonkel diente, dem er seine Empörung über die Welt kundtat. So geschehen, als er in einer Verkehrskontrolle hängen blieb, als er sich wegen seines Ausländerstatus schikaniert fühlte – oder eben jetzt.

Ein polternder Kommunist

«Soeben marschierte ein Lackaffe vom Sicherheitsdienst mit kaum zu übertreffender Arroganz in mein Büro», meinte Beni.

«So» war das einzige kurze Zeichen meiner Aufmerksamkeit.

«Nur weil ich meinen Schlüssel mit jemandem vertauscht hatte, werde ich behandelt wie ein Verbrecher. Als sei ich ein Kommunist!», polterte er.

Auf einmal war ich hellwach, mein Interesse ganz bei Beni. «Was?», fragte ich. «Mit wem hast du die Schlüssel vertauscht?»

«Keine Ahnung, das wollte er nicht sagen, das sei sicherheitsrelevant, Sie verstehen sicher, meinte er arrogant. Stasi», fügte Beni noch an, «oder Gestapo.»

«Wann?», wollte ich wissen.

«Gestern, ich war etwas später im Büro erschienen und konnte meine Bürotür nicht öffnen, und so rief ich den Sicherheitsdienst. So hatte das ganze unsägliche Theater begonnen.»

Eine nebensächliche Zukunftsaussicht

«So», nur ein «so» kam über meine Lippen. Doch der Unterschied zum «so» vor wenigen Augenblicken hätte grösser nicht sein können. Fuck! War es möglich, sollte ich tatsächlich? Wie konnte ich sicher sein? Verdammt, fuck, verdammtes Fuck, meine Gedanken drehten sich. Ich versuchte, das Gehörte zu verstehen, die Bedeutung zu glauben, verdammt, was sollten diese Worte, jetzt? Auf einmal war meine Krankheit, die deprimierende Zukunftsaussicht zur Nebensächlichkeit geworden. Ein Feindbild baute sich auf. Falsch: Ein Feindbild konkretisierte sich, variierte, expandierte. Konnte er, war er, wie sollte er? Ich wusste auf einen Schlag, wo ich nach Gewissheit suchen konnte. Ich wollte sie. Sterben würde ich sowieso, aber wenigstens mit Gewissheit. Ein alles umfassendes Feindbild baute sich auf, Beni.

«Eine Party! Mit deinen Kollegen?» Die Überraschung meiner Frau ob meines Vorschlags an diesem Abend war ehrlich. Das Entsetzen geschickt unterdrückt. Und abgesehen von mir hätte es wohl niemand wahrgenommen.

«Ja», meinte ich voller Begeisterung. «Ich lade alle ein. Alle! Du wirst alle kennenlernen. Fortan sollst du wissen, von wem ich abends spreche. Du wirst sie alle kennenlernen, meinen Chef, meine Sekretärin und natürlich auch Beni.» Es war mit Bedacht, dass ich diesen Namen, und nur diesen Namen, explizit als einzigen fallen liess. Ich konnte es damals nicht und kann es heute noch weniger sagen, ob ich ein Zucken in ihrem Gesicht erkannt hatte.

Eine eingeübte Zufälligkeit

Jedenfalls fand diese Party statt. Alle kamen. Es war, als wäre mein Büro zu Hause. Alles, was ich aus meinem Büro kannte und nicht kannte, verschmolz mit meinem Zuhause und es fühlte sich richtig an. Meine ganze Abteilung war anwesend. Mein Chef, meine Sekretärin und Beni. Die Neue und Beni. Immer Beni. Ich war dermassen darauf konzentriert, möglichst jedes Detail zu beobachten, dass ich keine Zeit fand, mich zu wundern, wie vertraut meine Sekretärin mit meinem Chef umging. Die zufälligen Berührungen, als sie ihm ein Glas Bier holte. Meine Wahrnehmungsfähigkeit war so fixiert, dass ich mich nicht kümmerte, wie isoliert die Neue am Rande stand, mir ab und zu mitleidig einen Blick zuwerfend, beinahe das Wakizashi aus seiner Wandhalterung schubste – meine ganze Aufmerksamkeit galt Beni. Einfach nur Beni.

Eine zusammengesetzte Gewissheit

Natürlich erwartete ich nicht, dass er meine Frau gleich küssen würde. Soviel Unverfrorenheit traute ich ihm nicht zu. Er war clever und bestimmt argwöhnisch, ob der Einladung. Auch Jessica war intelligent. Bestimmt hatten sie sich vorbereitet. Ich ebenso. Und so war ich mir bewusst, dass ich mich vor allem auf die kleinen Unachtsamkeiten fokussieren musste. Etwa jene, als er mir die Jacke an der Tür, obschon er links stand, nach rechts hielt, als ob er wüsste, dass die Garderobe hinter der Tür war, wo er sie aber unmöglich sehen konnte. Bis am Abend hatte ich die zehn kleinen Anhaltspunkte, die mir mehr Gewissheit garantierten als sein Geständnis. Da war die Tatsache, wie er blind das WC fand, wie er bei der Polstergruppe wusste, welche Stelle kaputt und deswegen unbequem zum Sitzen war, und wie er sich gezielt ein Kissen unterschob, bevor er sich hinsetzte. Es waren eingespielte Bewegungsabläufe eines mit den Gegebenheiten Vertrauten und nicht das Verhalten eines einmaligen, eines erstmaligen Gastes. Wie er in der Küche den Lichtschalter fand. Es waren Kleinigkeiten, die aber ein grosses, verlässliches Bild ergaben. Jede einzelne könnte im Zufall begründet sein, aber nicht ihre Gesamtheit. Beni war bei mir zu Hause vertrauter als ich.

Ich fühlte mich fremd. Fremd im eigenen Haus, fremd an dem Ort, der einst mein Zuhause gewesen war. Das Positive war, meine Krankheit verkam zur Nebensächlichkeit.

Eine erduldete Gesellschaft

Das war nicht allzu lange her. Jetzt sass ich in dieser Lounge. Dem Ort, der mehr zu meinem Zuhause wurde als sonst ein Platz auf dieser Welt. Ein Zuhause, in dem ich nun gerade die unliebsame Gesellschaft von Eins zu erdulden hatte. Doch in welchem Zuhause geschieht dies nicht? Ein ungebetener Vertreter, ein nicht willkommener Handwerker, ein verhasster Nachbar – in jedem Zuhause gibt es unwillkommene Eindringlinge.

Ich blicke Eins an und denke, wie ungerecht die Welt doch ist. Attraktiv ist er weiss Gott nicht. Und mit einem offenen Geist ist er auch nicht gesegnet.

«Ist was?», fragt er, offensichtlich meinen beobachtenden Blick bemerkend.

«Noch einen Tequila?» ist das Einzige, was mir auf die Schnelle in den Sinn kommt.

«Übertreiben Sie es nicht mit dem Alkohol?», meint Eins warnend.

«Zur Alkoholabhängigkeit reicht meine Lebenszeit nicht mehr aus. Ich hole mir noch einen – wollen Sie?» Eins nickt.

Wenig später kehre ich mit einem Campari Orange und einem Tequila zurück. Eins nimmt den Tequila entgegen, den Campari Orange misstrauisch musternd.

«Habe mich anders entschieden», meine ich salopp.

«Möchten Sie im Flieger nicht ...», ich merke, worauf die Frage von Eins hinsteuert, und mir bleibt nur der letzte Ausweg: «Ich reise nicht alleine», wehre ich mit einem scheuen Lächeln ab. Eins ist überrascht. Dann lächelt auch er. «Aha.»

Aha, eine Frau, aha, eine private Reise, aha, ein Geheimnis ... Für mich ist klar, egal wie unvorteilhaft er über mich denken würde, er würde nicht an meiner Seite im Flieger sitzen wollen. Gleichzeitig scheint mir der Gedanke, nicht alleine zu fliegen, überraschend vertraut.

Klack. Da ist es wieder. Das scheinheilige Schliessen der Tür. Die Begleiterin von Eins hat uns verlassen.

Wenig später entschuldigt sich Eins, steht auf und verschwindet ebenfalls. Klack.

Endlich bin ich alleine, zu Hause, im Frieden.

Friedlich

MEINE FLUGNUMMER wird ausgerufen. Ein Traum wird Wirklichkeit. Ein Klacken stellt meine Vorfreude auf eine harte Probe. Ich registriere das 55.

Auftritt Eins. Meine Ruhe währte nicht lange. Er lässt sich in den Sessel an meiner Seite fallen – kaum gegangen, schon zurück.

Ich frage mich, ob wir alleine sind. War Vier real? Ich drehe mich um zur Bar, doch sehe ich sie nicht. Meine Hand schlägt ohne Rhythmus auf mein Knie.

«Suchen Sie etwas?», will Eins wissen. Er blickt sich unsicher um, mustert argwöhnisch meine Hand.

«Hätte ich es gefunden, wüsste ich, ob ich etwas suche.»

Ein sinnbefreites Lachen. Eins lacht. Er lacht nach Aufmerksamkeit haschend. Dann hält er unverhofft inne. Schliesslich beugt er sich vornüber, zu mir, als müsse er ein Geheimnis entweihen. «Ich habe soeben mit meinem Freund, dem Sicherheitschef, gesprochen. Haben Sie es schon gehört?»

Ein Klacken. Das 56. Ich jubiliere innerlich. Ich nerve mich wieder. Meine Gleichgültigkeit ist weg. Das Klacken. Solange ich mich darüber nerve, solange lebe ich.

Eine routinierte Ignoranz

Eine neue Hostess betritt die Lounge. Sie bringt einen Stapel neuer Zeitungen, tritt zu uns hin. Wir nicken abweisend, sie legt routinemässig jedem eine Zeitung hin.

«Gehört, was?», frage ich Eins.

«Der Dreifachmord? Es muss! Es muss so sein. Offenbar gibt es in Bälde eine Pressekonferenz, deswegen war mein Freund auch ziemlich redselig. Er meinte, es werde sowieso bald alles öffentlich. Jedenfalls der Dreifachmord: Der perfekte Bogen, so schreiben sich Geschichten! Es wäre Zufall. Es wäre der weitaus grössere Zufall, wenn nicht. Und das in diesem anständigen Land.»

«Was! Was erzählt der Sicherheitschef?», frage ich Eins. Gleichzeitig werde ich unsicher, ob es das 54. Klacken war. Hatte ich richtig gezählt?

«Ein bestialischer Mord in einem herrschaftlichen Haus, als Opfer identifizierte die Polizei die Frau eines erfolgreichen Bankers und die beiden Kinder, der Mann war ausser Hause, als die drei umgebracht wurden.» Eins fehlt die Zeit zum Atmen. Ich bleibe still. Die Bedeutung der Frage nach der 54 verschwimmt am Wahrnehmungshorizont.

«Das Haus war absolut sauber, beinahe klinisch», erzählt Eins unaufgefordert weiter, «ordentlich, aufgeräumt, nur die leblosen Körper – die Frau, sie lag im Ehebett; das Ganze schien inszeniert. Friedlich. Bis auf das Blut.»

«Blut?»

Eine aufgeräumte Inszenierung

«Die Frau lag in einer Blutlache in ihrem Ehebett. Unter ihrem Rücken hatte das weisse Laken das dunkle Blut aufgesogen, dieses tränkte sodann die Matratze, bis es schliesslich auf den Boden tropfte. Doch weil über die Leiche eine dicke Daunendecke gezogen war, konnte die Polizei das Blut nicht sogleich sehen. Es musste alles sehr arrangiert ausgesehen haben. Wie ein Gemälde. Keine Spuren. Ohne das Blut wäre auf den ersten Blick nicht ersichtlich gewesen, dass sie tot oder wie sie gestorben war.»

«Und die Kinder?», frage ich.

Eins erzählt, als wäre er dabei gewesen. Sein Drang, sein Ego in jedes Geschehen hineinzudrücken, scheint pathologisch.

«Sie lagen in ihren weissen Betten, ebenfalls tot. Beim Betreten ihrer Zimmer konnte man sie noch für schlafend halten. Ihre Zimmer sahen aufgeräumt aus. Ordentlich. Die Kinder waren unversehrt, doch atmeten sie nicht.» Eins holt tief Luft. Die Stimme scheint ihm fast zu versagen. Er versucht, dramaturgisch das Maximum aus seiner Erzählung herauszuholen. «Die Kinder waren offensichtlich erstickt worden, mit ihren Kissen, wie ich vermuten muss, doch sie sahen friedlich schlafend aus.»

«Und wann soll das geschehen sein?»

«Das Verbrechen musste sich gestern Abend ereignet haben.»

«Aber weshalb wurden die Leichen gerade jetzt entdeckt?»

Ein resistenter Kirschbaum

«Die Frau hatte für heute einen Termin mit dem Gärtner vereinbart. Der Kirschbaum sollte gefällt werden. Als der Gärtner vor der verschlossenen Tür stand, erschien ihm die Situation suspekt, da er die Frau als sehr zuverlässig kennengelernt hatte. Zudem stand ihr Wagen in der Auffahrt. Auch die nette Nachbarin, die den Gärtner zufälligerweise bemerkte, schätzte die Situation als ungewöhnlich ein.»

«Nett! Und mein Kirschbaum, weshalb?», stosse ich kaum hörbar aus.

Eins fährt unbeirrt fort: «Die Nachbarin telefonierte der Polizei, die heute gegen 15.30 Uhr die Leichen entdeckte.»

Ich strecke mich in meinem Sessel. Mir wird unwohl.

«Sie schwitzen?», fragt mich Eins.

«Vorfreude. Ich kann es kaum erwarten, in den Flieger zu steigen. Wollen wir gehen? Ich glaube, das Boarding hat begonnen. Wir wollen doch nicht die letzten sein. Nicht heute.»

«Keine Eile – interessiert Sie das Ende der Geschichte denn nicht? Ich sage Ihnen, der finale Twist ist für uns umwerfend.»

«Boulevardgeschichten sind nicht mein Ding.» Ich will nur endlich das Flugzeug besteigen.

«Das ist keine gewöhnliche Sex-and-Crime-Geschichte.»

Verzweiflung steigt in mir hoch. Verdammt. So nahe. Und jetzt diese Nervensäge von Eins.

Ein suspekter Verdacht

Eins legt seine Nickelbrille ab und beugt sich vor. «Der finale Twist. Im ersten Moment verdächtigte die Polizei natürlich den vermissten Mann des Hauses, dann den Gärtner. Sie wissen schon, der Mörder war immer und so … Sein Verhalten schien suspekt. Kannte er das Haus doch bestens von innen. Fussabdrücke im Wohnzimmer hätten von ihm sein können. Dass er einen Schlüssel zur Kellertür in seiner Tasche trug, machte ihn auch nicht weniger verdächtig.»

«Logisch.» Ich bin überrascht und fasziniert, zugleich erschüttert mich, was ich von Eins alles erfahre. Ich realisiere, welche Fakten ich alles ignoriert hatte. Ich kann nur hoffen, dass meine Krankheit nichts von Relevanz verschluckte.

«Aber, jetzt wird es spannend.» Die Betroffenheit war aus dem Gesicht von Eins gewichen. Geilheit dominierte offensichtlich, diese Neuigkeiten exklusiv zu verkünden. «Im Cheminée im Wohnzimmer fand die Polizei einen Brief. Der Grossteil war verbrannt. Doch es blieben genügend Stellen erhalten, so dass der Sinn klar erkennbar war. Der Brief war an Beni adressiert.»

«Beni wer?»

Eine spiessige Affäre

«Beni war ihr Liebhaber. Die anständige Bankersfrau in der spiessigen Villa mit der getrimmten Rasenfläche hatte eine leidenschaftliche Affäre. Und das Beste: Es war ein Arbeitskollege ihres Mannes.» Eins lacht ein verhöhnendes, abschätziges Lachen. Ich weiss nicht, lacht er über den Banker, über Beni oder die Situation. «Sie schrieb ihm einen Brief, dass sie die Affäre beenden wolle. Sie wollte zurück zu ihrem Mann. Was Beni ganz offenbar nicht bereit war, zu akzeptieren. Die Polizei versuchte erst, den Banker selbst zu finden. Doch er war unauffindbar, ebenso wenig sein Chef. Den Einzigen, den die Polizei bisher auftreiben konnte, war Beni.»

Immer nur dieser verdammte Beni, dachte ich innerlich. Beni. Beni.

«Entschuldigung, was sagen Sie?», will Eins wissen.

«Nichts, fahren Sie fort mit Ihrer grotesken Kriminalgeschichte», erwidere ich.

«Grotesk? Sie kennen das Ende noch gar nicht. Beni wurde bestimmt diskret bei sich zu Hause abgeholt.» Eins lacht voll heraus. Er drückt die unanständigen Lacher grunzend aus seinem unappetitlichen Maul. Er widert mich zutiefst an.

«Und jetzt kommt Benoît ins Spiel.»

«Wer?»

«Benoît, Tatjanas Mann.»

«Wer ist Tatjana?»

«Die …, ach, verstehen Sie nicht: Beni – Benoît?»

Ich konnte seiner Absicht folgen, aber die Verbindung schien mir etwas weit hergeholt.

«Überhaupt nicht», nimmt Eins meinen nicht artikulierten Gedanken auf. «Benoît ist nichts anderes als Benedikt in Französisch. Und von Benedikt zu Beni ist der Weg nicht mehr weit. Überzeugend einfach, erdrückend.»

Ein komischer Akzent

Und auf einen Schlag scheint es mir logisch. Der komische französische Akzent war kanadisch. Beni – ein Kanadier, kein Franzose. Beni, der stets betonte, dass er eigentlich Böno heisst. Er war verheiratet. Welch ein Hohn. Welche Wendung. Nicht Benjamin. Zwar dachte ich immer, er hiesse Benjamin. Es schien mir logisch, so logisch, dass ich nie auf eine Bestätigung drängte. Es lag auf der Hand, und es war falsch. Wie fahrlässig unhinterfragt ich meine eigene Wahrheit schuf.

«Und um die letzten Zweifel zu beseitigen, fand die Polizei die Fingerabdrücke von Beni auf dem Brief. Offenbar kannte er den Brief – auch wenn er dies natürlich vehement bestritt. Die eine ganze Ecke des Blattes war voll mit seinen Fingerabdrücken. Offenbar wollte er den Brief verbrennen.»

Eine verblüffende Erinnerung

Ich lasse Eins weitererzählen, seine Mördergeschichten spinnen. Doch in Gedanken erlebe ich nochmals den gestrigen Abend. Ich bin überrascht, dass ich mich überhaupt an ihn erinnern kann, an all die Details. Sogar Jessicas Duft steigt mir in die Nase. Das war's. Das Finale. Der Schlussakt. So sollte meine Traumehe enden. Es war erstaunlich friedlich, als ich meine Frau mit meinem Wissen über ihre Affäre konfrontierte. Gewiss, wir hatten unsere Krisen. Und irgendwie hätte ich ihr sogar geglaubt, hätte sie gesagt, dass sie mich verlassen wolle, auch wenn ich daran gezweifelt hätte, dass sie es wirklich durchziehen würde.

Es klingt bizarr, aber in unserer Ehe fühlte ich mich stets wie in einem Wettkampf, in dem ich mein Potenzial nicht ausschöpfte. Mein Gefühl täuschte mir vor, ich könnte etwas zulegen, ans Limit gehen und schon wäre ich wieder Herr der Lage. Auch wenn ich akzeptieren konnte, dass wir uns entfremdet hatten, lebte ich im irrigen Glauben, ich stünde noch am Steuer. Ein paar Rosen, ein wenig Zuneigung, mehr Energie in die Beziehung stecken und schon sei sie zurück. Der Gedanke, dass jemand anders meinen Platz eingenommen haben könnte, kam mir nie. Niemals dachte ich daran, dass nicht ich es sein würde, der entscheidet.

Erst mit dem Wissen, dass mein Platz besetzt war, erkannte ich meine Rolle. Meine Ehe war endgültig gescheitert. Mein Versagen, es wurde Realität – und ich verkam zum Statisten. Ich wurde vorgeführt, wollte aber vorführen. Sich winden, erklären, abstreiten, ausweichen und negieren – eine Stunde lang schwadronierte Jessica durch die möglichen weiblichen Verteidigungslinien, erst weinte sie, dann leugnete sie verzweifelt. Doch ich war vorbereitet. Ich kannte die Wahrheit. Und ich blieb standhaft. Ich liess mich nicht erweichen, nicht durch ihre Tränen, nicht durch einen Zweifel.

Eine erschöpfende Entfremdung

Sie brach ein. Die Indizien bis hin zur Filmrolle waren überzeugend. Sie schien erschöpft. In diesem Moment hätte sie wohl alles gestanden und sie gestand alles, mehr als ich wusste. Diese Reaktion, ihre Schwäche, überraschte mich am Ende doch, und es zeigte mir, wie stark ich mich von ihr entfremdet hatte. Sie war eine Unbekannte für mich geworden. Dass sie nicht vorhersah, was kommen würde, war mir Beweis, dass das Entfremden gegenseitig war. Ich bat sie, auf dem Blatt, das mir Beni im Büro gereicht hatte, in dessen Ecke sein Finger den Abdruck hinterlassen hatte, einen Brief an ihn zu schreiben, den ich ihr diktierte. Ich glaube noch immer, dass sie zu keinem Zeitpunkt realisierte, was als Nächstes kommen würde. Leopold strich ihr um die Beine, was sie zusätzlich beruhigt haben dürfte. Sie schrieb, ich diktierte, was ich in Gedanken schon tausendfach formuliert hatte, sie schrieb, und als sie fertig geschrieben hatte, schob ich ihr von hinten die 30 Zentimeter lange Klinge unseres Wakizashis in den Rücken. Ich wusste zuvor nicht, wie scharf es war, zu was es taugen würde. Ich stiess zu. Ich hatte keine Erwartung, wie es sein würde, in menschliches Fleisch zu stechen. Ich hielt die Klinge horizontal in der Hoffnung, so zwischen zwei Rippen hindurchstossen zu können. Auch das war mehr ein Ausprobieren als eine auf fundiertem medizinischem Wissen basierende Ausführung.

Ein verlassener Körper

Es gelang. Die Klinge glitt in ihren Körper wie in Butter. Zweimal. Einmal links und einmal rechts der Wirbelsäule. Es war ein mechanischer kühler Akt. Meine Gefühle schienen ausgeschaltet. Ich hätte einen Vorhang zerschneiden können. Mitleid war unmöglich. Ich führte konsequent aus, was ich tausendfach in Gedanken durchgespielt, mir so intensiv vorgestellt hatte, so oft, dass der letzte Schritt zur Wirklichkeit ein minimaler war. Das Blut tränkte ihre Bluse. Ich fing sie auf, als sie zusammensackte. Sie konnte sich nicht einmal mehr umdrehen, um mir in die Augen zu blicken.
Ich trug sie hoch in unser Schlafzimmer und legte sie sogleich auf unser Bett. Das Blut pochte weiter aus den Wunden und tränkte die Bettwäsche rot. Ich blieb noch bei ihr. Begleitete sie, wie das letzte Leben ihren Körper verliess. Anschliessend betrat ich die Kinderzimmer. Ich musste fort. Doch ich konnte sie nicht mitnehmen. Auch konnte ich sie nicht alleine lassen. Es war ein schmerzhafter Abschied. Sie waren so unschuldig,

so voller Lebensfreude, aber ohne mich waren sie nicht überlebensfähig. Sie sollten nicht leiden. Dass über ihnen auch das Damoklesschwert der Chorea Huntington schwebte, hatte ich bei meinem Entscheid erst gar nicht berücksichtigt, aber es erleichterte die Rechtfertigung der Tat mir gegenüber. Sie sollten nicht degenerieren wie ich. Nicht wie meine Mutter würdelos zu Grunde gehen. Deswegen hatte ich ihnen nach dem Abendessen ein Schlafmittel in einem Glas warmer Milch verabreicht. Sie schliefen friedlich. Ihr Abschied würde sanft sein. Es würde mein schmerzhaftestes Erlebnis sein, aber ich musste es durchziehen. Keine Schwäche! Das hatten sie nicht verdient.

Ein zurückgewonnenes Zuhause

Es war kurz vor Mitternacht, als ich mit beiden fertig war. Ich legte ihre Köpfe auf die Kissen zurück, mit denen ich sie eben erst erstickt hatte. Ein seltsames Gefühl von Stolz überkam mich ob der erhabenen Stille, die das Haus erstickte. Für eine letzte Nacht war ich wieder zu Hause. Es war mein Zuhause. Ich setzte mich in meinen Sessel, legte Mozart auf, blickte in die Dunkelheit, nahm Leopold auf meinen Schoss und streichelte ihn, bis die Schallplatte zu Ende war. Dann setzte ich Leopold dort ab, wo ich vor wenigen Wochen den Schlüssel und die Filmrolle fand. Ich hatte noch einiges zu tun.

Ich räumte die ganze Nacht hindurch auf. Das Haus sollte ordentlich sein. Wir waren eine anständige Familie. Der Eindruck durfte nicht getrübt werden. Ich verbrannte den Brief, wohl darauf bedacht, dass sowohl die Aussage als auch die Fingerabdrücke gut erhalten blieben. Ich hängte das Wakizashi an seinen Platz. Zuvor hatte ich es gründlich mit Javelwasser gereinigt in der Hoffnung, so jede Spur von Blut beseitigt zu haben. Eigentlich hätte alles erst in zwei Tagen entdeckt werden sollen. Unsere Putzfrau sollte sie finden. Nicht dass ich sie bestrafen wollte. Im Gegenteil. Es war die verlässlichste Seele, deren ich mir sicher war. Dass meine Frau noch einen Termin vereinbart hatte, wusste ich nicht. Auch nicht, dass sie es wagte, meinen geliebten Kirschbaum fällen zu lassen. Eigentlich wusste ich gar nichts über ihre Termine. Erst jetzt fällt mir auf, dass ich mich auch gar nie gefragt hatte, wer denn den Garten pflegte. Denn auch dieser war ordentlich. Zum Schluss bedeckte ich Jessica noch mit einer weissen Decke. Sie sah so unschuldig aus in unserem Ehebett, fast schlafend, als ich das Licht löschte und die Tür sanft hinter mir zuzog, als hätte ein Laut ihren Schlaf stören können.

Als Letztes entledigte ich mich meiner blutgetränkten Kleider. Ich zerschnitt sie in kleinste Teile und spülte sie einzeln das WC runter.

Eine voreilige Interpretation

«Wollen wir gehen?», fragt Eins, der nun doch zum Aufbruch bereit ist.

«Gehen Sie nur schon, ich warte noch», meine ich.

Eins nimmt die Zeitung und seine Nickelbrille und will sich erheben, doch er setzt sich sogleich wieder. «Können Sie sich vorstellen, dass jemand unschuldige Kinder tötet? Nur weil sich seine Geliebte von ihm trennen will, tötet er gleich auch noch ihre Kinder?»

Ich blicke ihn an. Lange Momente verstreichen. Antworte, denke ich. Einfach, schnell, eine Antwort: «Ja.»

Eins zögert. Wohl fragt er sich, ob er die Antwort richtig verstanden hat, ob ich vielleicht die Frage missverstanden habe. Unsere Blicke treffen sich. Ich denke: So einfach wäre ich ihn also losgeworden.

Offensichtlich hat ihn meine Antwort konzeptlos gemacht. Er torkelt. Sein Weltbild wankt. Der anständige Gesprächspartner aus der Erste-Klasse-Lounge hatte eine für Eins unvorstellbare Antwort. Eins erhebt sich, greift nach der Zeitung, blickt mich nochmals an und geht. Das 57. Klacken beweist sein Gehen.

Eine verhinderte Busse

Ich lehne mich zurück. Schliesse die Augen. Endlich Stille. Endlich für mich. Alleine den Flug geniessen. Ich fühle mich leer. Vater unser im Himmel. Ich bete. Irgendwie scheint es mir richtig. Ich versuche zumindest, mich davon zu überzeugen. Ich will all das Falsche abstossen. Ich kenne meine Vergangenheit kaum mehr. Vater unser. Es muss mir möglich sein, meinen Frieden zu finden. Angst überkommt mich – vergessen ist nicht Vergebung erhalten. Kann ich mich der Verantwortung so einfach entledigen? Ich bekomme Angst, dass das

134

Vergessen verhindert, dass ich für meine Sünden Busse tun kann, da ich mich nicht mehr an sie erinnern kann. Vater. Mehr weiss ich nicht mehr. Ich verdränge, will mich leeren, Tabula rasa. Ich verharre ganz still. Die Welt soll mich ignorieren, sie kann mich vergessen. Ich war nie da. Ich versuche, in der Ewigkeit des Moments aufzugehen. Nicht mehr bewegen, sage ich mir. Vater unser, vergib mir.

Ein ungläubiger Blick

«Trinken wir oder gehen wir?»

Ich blicke auf. Vier steht vor mir. Zwei Drinks in ihrer Hand.

«Wo warst du?», frage ich.

«Ich musste die Drinks selbst machen, da keine Hostess da war.»

Ich drehe mich um. Die Hostess, die eben die Zeitungen gebracht hat, steht hinter dem Tresen.

«Vorher», antwortet Vier, als sie meinen ungläubigen Blick sieht. «Willst du diesen erst noch trinken oder sofort gehen?»

Ich nicke. Sie stellt die Drinks hin und setzt sich. Ich greife meinen Drink und leere das Glas in zwei Zügen. Dann greife ich die Zeitung, den gelben Umschlag und ohne wirklich zu wissen, weshalb, sage ich: «Wir gehen.»

Vier murmelt Unverständliches. Noch immer weiss ich nicht, wer sie ist, was sie soll und wohin wir gehen. Doch irgendwie strahlt sie eine tiefe Vertrautheit aus.

Sie gibt mir eine beruhigende Sicherheit, dass alles richtig ist. Fast bin ich versucht, ihr einen Namen zu geben, anstatt einer Nummer. Fast nenne ich sie Jessica.

Auch sie erhebt sich. Wir verabschieden uns mit einem diskreten Nicken von der Hostess und gehen doch nicht. Zeitung und Umschlag sind in meiner Hand, während meine Aktentasche noch immer vor dem Sessel steht. Mein Hut hängt unbewegt an der Garderobe, darunter steht mein Schirm. Vor der grossen Scheibe verharren wir. Ich halte Zeitung und Umschlag in der Hand. Ein unsichtbares Band hält mich in der Lounge, meine Füsse sind schwer – unfähig einer Bewegung. Unsagbar schwer.

Soll ich gehen und meinen Traum erfüllen, soll ich es wagen und gleichzeitig Gefahr laufen, dass sich meine Vision erfüllt?

Eine eilige Entwicklung

Dass die Polizei Beni so schnell verhaften würde, war nicht geplant. Es passte nicht. Zeit hätte alles gefestigt. Die Leichen wären erstarrt. Die Rekonstruktion wäre aufwändiger. Benis Alibi, das er sicher hatte, wäre in ein paar Tagen bestimmt schwieriger nachzuprüfen gewesen. Aber so? Die Polizei würde schnell die richtigen Fragen stellen. Bestimmt. Aber nicht heute. Nicht bevor ich im Flugzeug sässe. So schnell würde sie nicht sein. Vielleicht würde ich dereinst als Mörder entlarvt, vielleicht schon bald. Aber nicht heute. Mein Konstrukt musste nicht für die Ewigkeit halten. Vielleicht solange ich noch lebe, auf jeden Fall so lange, bis das Flugzeug mit mir in der Luft wäre.

Ich öffne den gelben Umschlag. Ich hatte die Filmrolle nach langem Zögern doch noch zum Entwickeln gegeben, vorgestern, express. Die Fotos. Das Indiz. Erst wollte ich sie nicht anschauen, wegwerfen. Dann habe ich sie doch mitgenommen und doch nicht angeschaut. Zum ersten Mal werde ich nun diese Fotos anschauen – die Fotos, die auf dem Film waren, den ich an jenem verhängnisvollen Tag in meinem Wohnzimmer gefunden hatte. Ich öffne den Umschlag, nehme die Fotos heraus. Die Rückseite ist oben. Ich zittere. Ich habe das Gefühl, Schweiss schiesse aus all meinen Poren. Ich zittere. Diese Fotos. Was ist darauf zu sehen? Ich kann sie nicht umdrehen. Nicht jetzt. Nie. Und wenn nicht das, was ich erwarte, auf den Fotos wäre? Was erwarte ich überhaupt? Was habe ich erwartet? Wenn ich die Fotos nicht würde einordnen, interpretieren können, bliebe mir eins, Zweifel: Ein gesätes Korn Zweifel ist wie Unkraut, es wächst und wächst von alleine, und nur wer die Wurzel entfernt, entfernt den Zweifel.

Vielleicht hatte ich Jessica nie verstanden. Wahrscheinlich hatte ich vor allem nie verstanden, dass sie mich hätte verstehen können.

Eine bessere Unsicherheit

Ich denke, besser ein unsicherer Glaube als ein fundierter Zweifel. Ich hatte so vieles erwartet zu sehen, aber was würde es sein? Ein Zweifel kann leicht ausser Kontrolle geraten. Und unversehens wuchs ein Zweifel, ob ich an jenem Tag, damals, meinen Schlüssel nicht versehentlich im Büro mit jenem von Beni vertauscht haben könnte.

Ich schiebe die Fotos zurück in den Umschlag, ungesehen. Ich beschliesse, den Zweifel, die Fragen, die Unsicherheiten zu ignorieren. Ich glaube nicht, ich weiss. Es spielt keine Rolle mehr. Es ist verdammt noch mal nicht von Belang. Mein Vergessen wird den Zweifel beseitigen. Der Vorhang ist gefallen.

Fliegend

DER EINDRUCK ist überwältigend. Das Flugzeug zu sehen ist ergreifender, als ich mir dies je vorgestellt habe.
Ich schaue auf meine Uhr. Es ist spät. Die Zeit zu erkennen bin ich unfähig. Es ist zu spät.

Es klackt. Die Tür öffnet sich und eine nicht ganz
schlanke Frau betritt den Raum. Sie trägt einen dicken
Pelzmantel. Hinter ihr schleicht ein kleiner Melonenträger in ihrem Schatten Geborgenheit suchend. «Ist es
nicht zu spät, um noch etwas zu trinken, Honigmond?»
Ihr Blick beantwortet seine Frage. Sie stellen sich an
die Bar und sie bestellt einen Wodka pur.

Von der Lounge aus beobachte ich die letzten Vorbe-
reitungen vor dem Einstieg der Passagiere. Eine imposante Metalltreppe wird zur vorderen Tür des Fliegers
gefahren. Die ersten Passagiere steigen die Stufen
hoch und werden am oberen Ende von einer adretten
Stewardess in Empfang genommen.

«Bist du sicher?», höre ich den Melonenträger fragen.
Die Antwort verstehe ich akustisch nicht. Im Spiegel-

bild in der grossen Fensterscheibe sehe ich, wie die Dame ungelenk an ihrem Pelzmantel hantiert und ihn ablegt. Erst jetzt erkenne ich sie.

Ein lilafarbener Zweiteiler

«Es ist kalt draussen», meint der Melonenträger hilflos. Sie trägt einen etwas zu kleinen lilafarbenen Zweiteiler, der ihr stilunbewusstes Ego aus allen Nähten hervorquellen lässt. Sie nimmt ihren Wodka, lässt den Erbärmlichen mit seiner Melone und ihrem Pelzmantel an der Bar zurück und kommt auf das Fenster zu.

Oh Schreck, denke ich nur. Die Frau aus meiner Vision. Schlimmer noch, sie stellt sich neben mich. Mein höchstes Gut, meine Zeit, meine Ruhe, niemand ist offenbar gewillt, mir dieses zuzugestehen.

«Majestätisch. Fliegen Sie mit?», fragt sie. Ich nicke. «Darf ich mich vorstellen?», und auch sie darf nicht und tut es doch. Innerlich schreie ich «Nein» und übertöne so für mich die ungebetene Nennung ihres Namens.

«Ein wunderbarerer Flieger, faszinierend», antworte ich, und bevor sie nach meinem Namen fragen kann, füge ich an: «Entschuldigen Sie, ich wäre gerne alleine.» Verärgert dreht sie wie ein beschädigtes Schlachtschiff ab, dessen Wellengang meinen Frieden noch für einige Momente schaukeln lässt. Schliesslich steht sie mit ihrem Wodka wieder bei ihrem Melonenträger, der die geballte Ladung ihres Frustes nun ertragen muss – und dies ganz offensichtlich mit Genuss tut. Sein hohles Kreuz hilft ihm, bar der physikalischen Gesetze trotz seines nach hinten gebogenen Oberkörpers den Bodenkontakt mit seinen Füssen nicht verloren zu haben.

Ein wohliger Gedanke

Ich stehe alleine, für einen kurzen Moment.

«Überwältigend», sage ich, und beinahe kommen mir Tränen.

Ich meine, die zarte Hand von Vier zu spüren, die die meine ergreift und fest zudrückt, und bin mir doch nicht sicher. Dennoch: Allein der Gedanke an die Möglichkeit fühlt sich gut an. Es fühlt sich verdammt gut an. Eine Stütze. Schon nur der Gedanke an Vier stützt mich. Der Gedanke, nicht alleine zu sein. Jemanden zu haben, der mich vermissen wird.

Ich stelle mir vor, wie sie mich fragend anblickt. Fragend. «Wer wichtig ist, verlässt die Lounge nicht, nicht bevor er namentlich ausgerufen worden ist», erkläre ich ihr. Ich bemerke, wie sie mit den Tränen kämpft. Verflossen ist die Leichtigkeit der vergangenen Diskussionen. Eine schwere Ernsthaftigkeit umhüllt uns wie ein klebriger Film, den wir niemals würden abstreifen können. Kann eine Einbildung so schön melancholisch sein? «Salve, du Todgeweihter», murmle ich meinem Spiegelbild zu.

Eins betritt das Flugfeld in Begleitung von Drei. Sie umarmen sich, scheinen glücklich.

In der Fensterscheibe spiegelt sich ein Berg Fleisch hinter mir, vom linken auf den rechten Fuss wippend.

Das lila Kleid ist mindestens zwei Grössen zu klein gewählt: Es strapaziert die Nähte des Zweiteilers und das
ästhetische Bewusstsein der Mitmenschen.

Ein erwarteter Verlust

Ich frage mich, ob ich je meinen Traum würde verwirklichen können. So nah war ich noch nie, und doch erscheint mir diese Metalltreppe unerreichbar fern. Verdammt unerreichbar. Eins bleibt stehen. Er zögert. Er
tastet seine Jacke ab, sein Hemd. Offenbar ist er auf
der Suche nach etwas. Er diskutiert heftig mit Drei. Die
Fensterscheiben der Lounge vibrieren, als eine DC-10
der Pan Am mit vollem Schub am Gebäude vorbeidon-
nert und Sekunden später in den Himmel hochsteigt.
Der Inhalt der Diskussion ist nur zu erahnen. Schliesslich zieht Drei Eins die Treppe hoch und sie verschwinden im Inneren des Flugzeugs.
Ich drehe mich – einmal mehr – zur Tür in Erwartung.
Aber kein Klacken. Niemand. Der Flug, mein Flug, wird
der letzte sein, der den Flughafen an diesem Abend
verlassen wird.
Verdammte Verspätung.
Ich schaue auf meine Hände. Niemand. Keine Vier.
Links halte ich verkrampft eine Zeitung, rechts meinen
Drink: die Welt und die Medizin, um sie zu vergessen.
Das Überlegen fällt mir schwer. War es der verdamm-
te Alkohol, die Anstrengung oder nur die gedankliche
Last? Die Paranoia?
Ich bin dieser Gedanken müde.

Wann kommt die Polizei? Gibt es das perfekte Verbrechen? Moralisch fühle ich mich im Recht. Was der Staat denkt – wen kümmerts? Verdammt, ich sterbe; und wen kümmerts? In dieser Welt verdammter Individualisten verschwindet ein Subjekt, nur die Masse bleibt. Ich möchte in den Flieger. Ich möchte meinen Traum erfüllen. So nah an der Erlösung, nur eine Vision als einziges Hindernis. Noch einen Schluck, um die Vision zu vergessen, oder zumindest zu unterdrücken, zu relativieren. Ich will einen Schluck nehmen und lege die Zeitung beiseite, als es geschieht. Ich bin konsterniert. Da ist sie, die Brille. Die verdammte Nickelbrille. Es war nicht meine Nickelbrille in meiner Vision. Es war die Nickelbrille von Eins. Und jetzt habe ich sie. Ich blicke hoch. Sie sind weg. Bald würde mein Name ausgerufen. Ich blicke das Flugzeug an, ich schaue an die Stelle, an der ich mir die Präsenz von Vier einbilde. Klar, der lila Zweiteiler. Das Einzige, was ich noch sehe. Lila. Meine verfluchte Vision. Ich stocke, weshalb verflucht? Sie ist verdammt und es ist ein verdammt guter Grund zu fluchen. Es ist wohl der beste, den ich je hatte.

Ein einfaches Leben

Die Nickelbrille und die Farbe Lila. Worauf wartet sie? Auf mich? Ist das Leben so einfach geworden? Ist das mein Ende? Vier hat meine Hand auch in Gedanken losgelassen. So nah. Ich spüre sie nicht mehr. Niemals würde ich dieses Flugzeug betreten. Ich blicke gelähmt auf die Nickelbrille. Ich spüre es, ich weiss es. Sollte es so enden? Ich würde es doch nicht schaffen. Nie würde ich diesen Flieger betreten. Auch an diesem Abend würde er ohne mich starten. Selbst in Gedanken schaffe ich es nicht mehr, einzusteigen. Ich spüre niemanden, nichts mehr. Ich stehe alleine vor dem Fenster. Zumindest fühlt es sich so an. Auf der Treppe zum Jumbojet steht und geht niemand mehr. Niemand ist zu sehen – nur das Flugzeug. Spektakulär. Es schneit. Es schneit im September. Träume ich? Bilde ich mir das alles ein? So nah und doch ferner denn je ist die Verwirklichung meines Traums vom Fliegen in dieser wunderbaren Maschine. Ich bin frei. Ich habe mein Ziel erreicht. Frei sein heisst alleine sein. Der Schnee vernebelt die Sicht. Ich komme mir einsam vor. Wer war Vier? Wo ist Vier? Ich bin nicht alleine, ich habe mich stets selbst belogen. Ich bin nicht allein, ich bin einsam. Die Nickelbrille und meine verdammte Einsamkeit sind meine letzten Begleiter.

Ein letzter Schluck

Ich nehme einen Schluck. Es ist das Einzige, was mir noch Sicherheit gibt. Zuversicht? Wozu? Ich brauche die Welt nicht mehr und sie mich nicht. Auch diese Beziehung ist zu Ende.

Nur wenige Schritte zum Glück, oder ist doch alles angerichtet für die Erfüllung meiner Vision?

Ich greife in meine Westentasche und hole mein Ticket hervor. Es sind zwei. Zwei Plätze nebeneinander.

Zwei verschiedene Namen. Meiner und ein unbekannter. Wessen Ticket kann das sein? Jessica? Ich blicke
zum Flugzeug.

Ein zweiter Platz

Vier ist weg. Zwei Namen werden ausgerufen. Meiner
– und der ungekannte vom zweiten Ticket. Das Flugzeug wartet. Ich weiss nicht mehr, wohin ich eigentlich
will. Was ich will. Das Leben war so einfach. Eine Familie, ein Job, klare Strukturen, keine Fragen. Ich habe
alles zerstört. Meine Skepsis, meine Fragerei, meine
verdammte Unzufriedenheit. Wäre es nicht einfacher
gewesen, die Wahrheit zu ignorieren und im Glück wei-
terzuleben? War es überhaupt die Wahrheit? Ein Zweifel ist wie ein Samen. Was war auf den Fotos im gelben
Umschlag? Hätte es eine Rolle gespielt, hätte ich sie
angeschaut? Was hätten sie bewirkt, einen Zweifel am
Zweifel oder doch die Beseitigung der letzten Unsicherheit, die ich mir aber erst durch das Anschauen der Fotos überhaupt zugestehen würde? Jetzt stehe ich hier.
Keine Zukunft. Nicht einmal meinen letzten Wunsch
werde ich mir erfüllen können. Das Flugzeug scheint
mir spöttisch zu trotzen. Ein Blick. Ein Lachen – ein
Schluck. Bin ich im Begriff, die Wirklichkeit zu verlassen? Ist es der Alkohol oder hilft mir dieser, ob meines
Abdriftens nicht in Unruhe zu verfallen? Merkt man,
wenn man stirbt? Wie merkt man dies, wie merke ich
es? Merke ich, wenn ich gehe? Das Glas ist leer. Ich
blicke die Tickets an. Beide in einer Hand. Vier ist weg.

Niemand ist bei mir. Nur der mächtige Flieger, getrennt von mir durch eine grosse Scheibe. Die beiden Tickets fallen aus meiner Hand. Mein Leben, all meine Termine, sie haben mich nicht daran gehindert, zu vereinsamen, sozial zu verkümmern, sie haben einzig verhindert, dass ich es gemerkt habe. Langsam schwebend in der Luft umkreisen sie meinen Torso und nähern sich dem Boden. Die Schwerkraft siegt immer.

Eine weisse Wand

Ich werde mich setzen, gleich hier, vor dem Fenster, den Blick stramm geradeaus gerichtet. Das Flugzeug im Blick. Der Blick ist auf das Flugzeug fixiert. Ich würde es nicht aus den Augen verlieren, würde es sich bewegen. Die Metalltreppe verschwindet langsam im Schnee. Das Flugzeug steht kaum mehr sichtbar. Das Flugzeug mit dem wunderbar bequemen Sitz, reserviert für mich und leer bleibend. Langsam verschwindet es hinter einer weissen Wand Schnee. Mein Blick sucht es. Meine Sehnsucht ist mit ihm. Noch immer schweben die Tickets in der Luft. Ich kann mich nicht mehr bewegen. Ich schaue nur. Nur meine Augen bewegen sich noch. Das Flugzeug verschwindet aus meinem Blickfeld.

Ich höre ein Klacken. Ich glaube, Vier betritt den Raum. Ich spüre sie hinter mir. Ich will nicht mit ihr sprechen. Mit niemanden. Ich werde nicht reagieren. Sie kann sich anderswo hinsetzen. Sie ist zu spät. Ich bewege mich nicht. Ich würde gerne sitzen, dabei liege ich längst am Boden. Ich spüre den Boden. Bestimmt kommt das Flugzeug wieder. Wenn ich einfach still liege, störe ich die Welt nicht. Ich gehöre zum Inventar. Ich bleibe.

Ein abschliessender Blick

Ich blicke geradeaus, suche das Flugzeug. Ich suche. Mein Blick wandert durch das Fenster, sucht. Noch immer suche ich das Flugzeug; ein letzter Blick. Wäre ich alleine, würde ich jetzt einen Schluck geniessen. Aber ich schaue nur. Der Horizont dreht sich. Ich habe keine Kontrolle mehr. Keine Bewegung. Was soll das, was will ich? Ich will gar nichts mehr. Ich bin müde. Mein Flieger ist weg. Einen zweiten gibt es nicht. Ich bleibe. Ich sehe einen Weihnachtsbaum. Meinen Kirschbaum. Es wird unklar, sie verschwimmen, werden zu einem, verschwinden ganz. Ich bleibe vor dieser Sitzgruppe.
Ein Klacken. Ich weiss nicht mehr, das wievielte. Es ist bedeutungslos geworden.
Der Horizont steigt senkrecht gegen oben. Ich kann den Boden auf meiner Wange spüren. Es fühlt sich warm an. Ich realisiere, ich liege flach vor dem Fenster. Mein Kopf liegt im Blut – meinem Blut. In meiner Schläfe steckt eine Scherbe, die wohl noch von meinem Glas stammt, das ich nicht unabsichtlich habe fallen lassen, um mich von Eins abzugrenzen. Ich fühle keine Schmerzen. Ich bin ausgegrenzt. Vollkommen. Ich bin einsam.
Er ist hart. Ich nerve mich nicht mehr. Ich weiss nicht

mehr alles, vieles ist vergessen. Aber ich weiss, ich habe es so gewollt. Meine Entscheide, für sie will ich die Verantwortung übernehmen.

Die Tickets schweben noch immer sanft über meiner rechten Hand.

Verdammt.

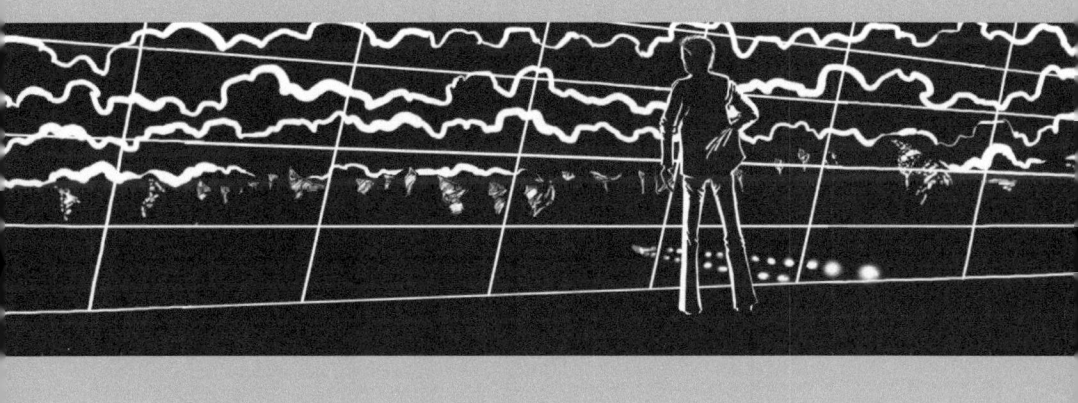